红皮笔记本

谢志强 著

宁波出版社

图书在版编目（ＣＩＰ）数据

红皮笔记本 / 谢志强著 . -- 宁波：宁波出版社，2018.12

ISBN 978-7-5526-3466-2

Ⅰ . ①红… Ⅱ . ①谢… Ⅲ . ①长篇小说－中国－当代 Ⅳ . ① I247.5

中国版本图书馆 CIP 数据核字（2018）第 296032 号

红皮笔记本

著　　者	谢志强
责任编辑	周真渝　徐　飞
责任校对	尤佳敏
封面设计	金字斋
出版发行	宁波出版社
地址邮编	宁波市甬江大道 1 号宁波书城 8 号楼 6 楼　315040
印　　刷	宁波白云印刷有限公司
印　　张	15.5
开　　本	787 毫米 ×1092 毫米　1/16
字　　数	180 千
版　　次	2018 年 12 月第 1 版
印　　次	2018 年 12 月第 1 次印刷
标准书号	ISBN 978-7-5526-3466-2
定　　价	35.00 元

宁波出版社版权所有，侵权必究。如发现缺页或者倒装，影响阅读，请与出版社联系，电话：0574-87248279

目 录

001　报　复
005　夜色中的秘密
009　病假条
013　老李家的自行车
018　家　书
022　婚房发芽
026　哑　巴
030　晚上还有什么事
033　看不见的小东西
037　游泳风波
041　一种习惯
045　闲人免进
049　石可贵的肚子
053　沙漠之夜
057　误　会

061　一首没唱完的歌
065　一片朝霞
069　常没有
073　刘志坚的逻辑
077　哄肚子
081　甜菜是怎么种成的
085　占　领
089　胡杨树上的信箱
093　泉
097　1966年的淘汰母鸡
101　机　动
105　哀　乐
109　一双棉手套
113　黑　子
117　夜班饭

120	启　发	181	一条懒虫
124	剥树皮	185	鼠
128	坚　持	189	一记耳光
133	敬　礼	193	舌　头
137	觉　醒	197	发　现
141	结婚证	201	跷　脚
145	再放一遍	205	鸡　蛋
149	爆　炸	210	突击拔草
154	两个玉米棒子	214	红色笔记本
158	姚喇叭	219	太阳升起的方向
162	手	223	1978年的家庭会议
166	红灯记	228	表演生病
170	覆盖着沙土的嫩叶	232	骡　子
174	新疆民歌	236	妈妈的火车站
178	人　皮	240	后　记

报　复

上海青年王自强这么归纳自己的性格,上海和新疆两地,以报名到新疆为人生的界线,在上海的弄堂里,他好胜心强,报复心强,他伸出两个手指说。但是初到农场,一棵桑树改变了他的性格,或者说脾气。说得严密些,应该是一根树枝,桑树高处的一根枝杈。在我的眼里,他很平和。

1963年,王自强仅15岁。那年,我念小学,特别熟悉农场的环境。农场职工听不懂上海话,就说是上海鸭子呱呱叫。我父母是宁波人,我听得懂上海话。记得上海青年看见农场的什么都稀奇,我就以此为骄傲,认为他们没见过大世面。我以为农场这片小小的绿洲就是整个世界了。其实,多年后,我回浙江探亲,才感到农场之外还有一个"大世界"。

许多跟王自强年纪相仿的男青年,掏麻雀蛋,攀沙枣树。我不知他们中间有一个王自强。2010年,我参加返沪的上海青年聚会,结识了王自强,想不到他居然和我在同一个农场。

1964年夏天的一个中午,农场职工习惯性地在睡午觉,阳光照得地面发烫。王自强趁大家午睡的时候,单独行动,悄悄钻进了场部附近的桑园。

农场种植了大片大片的桑树。多年后,我知道桑树跟丝绸有关系。我们农场是古丝绸之路必经之地。那时,我没在乎养蚕,而是只顾嘴巴,桑葚甜蜜多汁。

桑园用密植的沙枣树作为围墙,但"墙"上有很多洞,是羊拱出的洞,沙枣刺上挂着羊毛,我们称为羊胡子。羊钻入桑园食草。王自强轻易穿过洞。2010年,他说起树上的桑葚,白的、红的、紫的,大拇指一般大,水汪汪,甜蜜蜜。

当时,王自强第一次爬树,好像跟树有天然的关系。阳光照耀着桑园,桑葚像是饱含甜汁,溢出,折射着玉一般的光亮。微风吹着叶片,如蝴蝶一样扇动着翅膀。静得能听见蜜蜂、苍蝇的叫声。

王自强灵敏得像猴子,高高枝头的桑葚特别惹眼,手够不着,非得攀上去。装了一肚子紫桑葚,估计嘴巴也像抹了胭脂那样。他听见狗吠——守园的窝棚随即出来一个人,跟狗说话。狗栓了链子,但冲着他这边的桑树狂吠。狗虽受链子的限制,却像喷泉一样跃起,黑色的狗。他蒙了。抓着的那根高高的枝杈,如同一条胳膊,挣开他——反弹,很有力。

于是,王自强控制不了身体,垂直地穿过枝枝叶叶,沿途还带下来桑葚,染得衣服斑斑点点。接近地面时,一根桑枝折断,他已经重重地坠地,本能地抓树枝的手先着地——手腕骨折。

护园的职工背他上卫生院。半个月后,他出院,绑了绷带,打了石膏,手腕吊在胸前。他借口向护园人感谢并道歉,找到了那棵桑树。

他对我说:住院期间,我对那棵桑树一直耿耿于怀,不能报复整棵桑树,但不能放过那根弹开我的桑枝。

王自强发现桑树上有个鸟巢。他爬上树吃桑葚时没有看见鸟巢。人的视角有盲点,同一棵树上,关注一样东西,会忽视另一样东西。显然,之前已有鸟巢。那是斑鸠的巢,很简易,细细的枝条,加上麦草穗,还有几片羽毛,搭在他手握的那根桑枝旁的杈口上,像个小平台,平台上有几枚麻麻点点的蛋。很可能,斑鸠在他住院期间产了蛋。

报复一根桑枝,不能连累了鸟蛋。蛋还温热,附近有两只斑鸠在上上下下,焦急地飞。不能坏了"这家子"的好事。他打算等雏鸟出壳,能飞了,再来惩罚那根高枝。

王自强因为骨折,被分配到了副业连。桑园属于副业连。连长照顾他,暂时管桑园。护园人说,这叫不打不成交。

王自强还是没放弃报复的行动。在上海里弄里,即使比他大比他壮的伙伴惹了他,他被对方打得鼻青脸肿,也执着地"继续战斗",直到对方反过来讨饶。守护桑园的第一天,他琢磨那根桑枝是怎么弹开他的。来到那棵桑树下,他愣住了,不可能是桑树自残——投降。他看出桑枝留下的断痕,是锯子锯的痕迹。

守园的职工告诉他,桑树要整枝,这样,桑叶会茂盛。桑叶是蚕宝宝的主食。

王自强捡起了那根桑枝,还没集中处理(即将当柴火)。遗憾的是没有亲自动手。他仍然不甘心,当然不能让它一烧了之,得叫它干活,在劳动中改造它。他端详着桑枝。他听守园人说,桑树的木质不错,特别有韧性。上海的家里,孤儿寡母,穷人的孩子早当家,妈妈说他眼里有活。

守园的窝棚旁,有一个桑枝做的木杈。王自强模仿,用那根桑枝,制作了一个五齿木杈,像鹰爪。

连长安排他放羊。他带着木杈上羊圈。他的眼里能看出活,就用这个木杈垛干草,垫羊圈。尤其勤于起羊圈,当木杈挑动结构紧实的草与粪组成的羊粪,他无比解气。出了一身又一身的汗。杈子被草被沙磨得光光亮亮,比女人的手指还要漂亮,那么纤细那么白滑。那桑枝制成的木杈,反而越惩罚越好看了。惩罚的是它,出汗的是我。

于是,王自强操起木杈,就没有脾气——应当说没了火气。连长还在"点名"(职工大会的俗称)时表扬他热爱连队,才能眼中有活。

到底是他改变了一根桑枝,还是那根桑枝改变了他?本来,锯下的桑枝要送连队的伙房喂火,王自强却采用自己的方式,单独"教练"桑枝。某种意义上,他救了那根桑枝。反过来,桑枝摇身一变,也帮了他。他忘不了沙漠边缘绿洲里的鸟。尤其是布谷鸟,已播了种,它像是在提醒人类,时不时地叫:布——谷,布——谷。播下种子的田野出奇的寂静,像是在嘲笑布谷鸟,拎不清世面。

夜色中的秘密

上海青年颜士林有过夜上海的记忆,却没有感受过夜沙漠。也不能说是沙漠,只是挨近沙漠的绿洲,那么寂静,像沉睡一般。神秘引起了他的好奇。他向连长提出:夜班浇水。

1963年10月的这个夜晚,他吃了一个掺了菜的苞谷馍,一碗南瓜汤。夜色像黑纱一样笼罩着田野。他穿上棉袄、胶鞋,扛上坎土曼,拎着马灯,去接夜班。

沙漠刮来了寒风。他打了个寒战,赶紧用麻绳揽腰裹住了棉袄。冬灌的麦田有五百多亩,两边是连队的菜地;东边是农场的十三连,其实是公共墓地,十三连不在正式编制内,那是死者组成的一个连队。

南边是绵延起伏的沙丘,像海浪突然被定格了。他沿着引水渠堤走,风淘气地往他的领口、袖口、裤管里钻,他听见渠水里薄冰的破裂声,枯干的芦苇相互拥挤的摩擦声。

毛渠伸入麦田,像血管。他顺手把马灯挂在渠堤边的一窝铃铛刺上,回身开渠口子时,听到一记爆裂声。灯被风刮进了渠里。他捞起马灯,想起小时候,把一块方块糖放进茶杯里,看着糖溶化。他感觉自己仿佛开始在天边的夜色里溶解。

开了渠口,水迫不及待地流进麦地,像一群小孩,进了广场,立即奔散开去。突然,他惊愕了,东边传来啼哭声,像是受了莫大的冤枉。他不信鬼,可是浑身的汗毛竖起。那哭啼声凄凉,而且,往这边靠过来。

他握着坎土曼迎上去,想象自己是个英雄。他确实模仿了战争片中的英雄,似端着一杆枪,子弹打完了,准备拼刺刀。

夜色里,隐约有两点绿光。他想,那可能是传说中的鬼火。他吼了一声,冲过去,两点绿光消失在夜色里。他猜定,那是草狐子吧(连队老职工这么称来自沙漠的狐狸)。他举起坎土曼,追撵过去,还在想象中给草狐子染上了红色(传说中的火狐)。两点绿光瞬间又亮了一下,估计是回个头,然后,灭了。

有多少动物凭借夜色的掩护出来活动呀。于是又恢复了淙淙的流水声,他甚至听见麦苗像婴儿吮奶水一样的声音。高调的天空,稀疏的星星,如同冰粒子一样,闪烁着遥远的冷光。天明地暗,截然分明。

起初,他还以为是自己的脚步声,他停住脚步。脚步声渐渐响过来。好像夜色一下子浓缩成形,两边显出一个黑影,扛着一个袋子,那袋子仿佛顶替了脑袋。

他紧紧地握着坎土曼,喊:是谁?干啥?

压在人影上的袋子停顿了一下,大概立刻转了身。袋子像被抛出一样,其实是随着身体跑。很快,消失在麦田里。

他冲着夜色说:跑得比草狐子还快,我还以为只有我在忙呢。

随后,他期待流水的声音之外,再出现别的声音。流水声音单调了,这种单调引出了他的瞌睡,他就不停地走。身体在移动,可是,另一个他已躺在床上了。他以为是幻觉,停住脚,那个脚步声继续在响,而且,他能辨别出那是胶鞋。

夜色让开了一个口子。一个影子已近,还叫出了颜士林的名字。

他说:赵连长。

赵连长说:我来看看,来,坐一坐,你把水调教得不错嘛。

他把夜里发生的情况扼要地讲了,说:没想到沙漠边缘的麦田也这么热闹。

赵连长卷了一支莫合烟,淡淡地说:可能是偷菜的吧。

点燃莫合烟的一刹那,颜士林看见了一张布满皱纹的脸,像水流进沙漠那样,出现笑的嫩芽。平时,他眼中的赵连长,总是一脸严肃。他没说出自己怎么没把袋子和菜地联系起来。

赵连长说:那恐怕也不是草狐子。

他说:恐怕不是草狐子,是狼?

赵连长说:后半夜了,你饿不饿?

他的肚子似乎在积极响应,竟然咕噜叫了一声,他笑了。幸亏夜色掩护了,他的表情。

赵连长拿出一个小铁锅(挂在腰背后)。小铁锅缺了个耳朵,连长叫他去捡些柴火。

他拢来了红柳、铃铛刺、芦苇。

赵连长已挖了个坑,支上了小锅,炖上了水。

火舌热烈地舔着锅底。周围,火光起了圆形的屋子。

赵连长变戏法一样,掏出棉大衣里的一棵大白菜,根须还带着泥土。他顺手放进渠水里洗了洗。

他以为整棵大白菜要放进沸水里,或者,掰开菜帮子,因为他想着不在场的菜刀,切菜当然要用菜刀。

赵连长拿起坎土曼,把大白菜削进锅里,那么轻巧、熟练。

他着迷地看着。

赵连长说:添柴。

水在锅里沸腾起来。连长摸出一小包盐,抖进锅中,用一根柳枝搅了搅,说:热了,开吃。

他搓着手,不好意思开口。

连长捡了一根芦苇,一折,一撸,一双筷子,说:大地上什么都现成。

两人面对面坐着,中间炖着锅。他想要求连长讲一讲战争年代的故事,只是,他没开口,因为他看连长吃得很来劲。颜士林身体里暖和起来。

早晨,他交了班。醒来,已傍晚。他去食堂打饭,看见马厩的饲养员,背后跟着一条黑狗。黑狗的目光和他相遇的瞬间,摇了摇尾巴,似乎给他打了个招呼。他想起昨晚连长说:恐怕那也不是草狐子。

颜士林心里笑了,仿佛一夜之间,他发现了连队里的秘密。他佩服起连长了。

病假条

上海青年胡文彬，戴着近视眼镜，有空就看书，名副其实的文质彬彬。他有一项特殊的工作，就是负责递交排里的假条，基本上是病假条。照程序，赵排长应当签个字，表明态度。可是，赵排长说：用不着过我的手了。

胡文彬直接递到刘连长那儿去审批。有一次，刘连长嘀咕：赵排长这个滑头鬼，把矛盾上交给我了。

胡文彬所在的这个排，都是1963年进疆的上海知识青年，而且，在上海也是同一个住宅区：沪东新村。他们分到的农场一连，是个老连队，有多半是1949年前参军的老兵，从来没听过上海话。照刘连长的说法，上海话听起来像鸭子叫。所以，连队的大人小孩说：上海鸭子呱呱叫。一是上海话听不懂，二是称赞上海青年，从大上海到戈壁荒漠，本身就不容易。

胡文彬在排里，也没什么具体职务。赵排长是个大老粗，凡是跟文化有关的事儿，都交给胡文彬。比如统计劳动成绩，出个黑板报，还有当个翻译,将上海话翻给赵排长听,递送假条也是顺理成章的事儿。

所谓假条——病假条,上海青年,这个排的,都心照不宣,其中包括了两个方面。一是,休息。缓一缓体力。整天干活,耍坎土曼,挑土方的劳动强度大,连里要求"上工一担肥,收工一担草"。累得骨头要散架,而且实行大礼拜,每十天休息一天。

二是,食物。换一换胃口。刚到连队的那个星期,不定量,随便吃,而且全是细粮(麦面、大米)。还发生过把麦面馒头乱扔的事儿,赵排长捡到,当场吃给他们看。十天后开始定量,连粗粮——苞谷面馍也吃不饱了,他们怀念没有珍惜吃细粮的短暂日子。

最初,上海青年实行的是供给制,每月一发津贴费(三、五、八元,逐渐增加),三五合伙,上团部,饱餐一顿。赵排长曾打过招呼:只顾眼前痛快,不顾将来为难。

尤其是男的,一个月的饭票(以粗粮为主,耐饿),十天、二十天就吃完了。体力和食物不成正比。于是,体力吃不消,就要请病假。请了病假,有病号饭,病号饭多为细粮:汤面条,大米粥。

起初很顺利,胡文彬递假条(一般每天一两张),刘连长看了,就签字:同意。

渐渐地,病假条就成了上海青年内部自行调剂轮换休息的一个幌子,多时,有五六张。

刘连长过目一张一张病假条,还是批了。但是,他说:回去,跟赵排长说一下,他要做一做思想工作,怎么叫大家轻伤不下火线。现在是农业生产关键时期。

其实,刘连长是要胡文彬把话传给上海青年。过后,胡文彬看出赵排长的脸色难看,知道刘连长刮过他的胡子(刮胡子,即批评)。赵排长说:这个排长,是聋子的耳朵——摆设。排长说:连长冤枉我了。我不也是以身作则,带头干嘛!这些上海娃娃能扛得住已经不简单了。连长急了,说:都躺倒,谁干活?

胡文彬不能擅自打回票。秋季抢收,他照例一大早(上工的钟还没敲响)到刘连长家。他像洗牌似的翻假条,说:小胡,你不能单纯递条子,还要帮我查清条子背后的实际情况。战争年代,传送假情报,可是要误了战局的。

胡文彬明知实情,却相当为难。有的确实体力撑不住了,有的饭票已告罄了,有的只是想混个病号饭……他不忍心说出真相。

胡文彬像是替别人求情,说:就批个半天吧?!

刘连长给他面子,就签字:同意半天假。不过,他看一看门外的天空,说:一年到头,都落在收获季节。请假的多了,劳动力就紧张了,万一老天变个脸就坏事了。

递送假条,胡文彬已有心理障碍,随后腿像绑了沙袋。刘连长可能看出了他的心思。胡文彬递上假条,心里说"就批个半天吧",却憋着不吭声。

刘连长居然模仿他的上海口音,说:就批个半天吧?!

胡文彬笑了,脸红。他心里模仿刘连长的甘肃省口音,说:你做事,咋不坚持原则?!

这句话,刘连长曾对赵排长说过。1949年,王震率领部队进疆,刘连长是侦察班班长,赵排长当时是他班里的小兵。

割稻子,刘连长到上海青年这个班。胡文彬想不到刘连长是割稻能手,一会儿就把赵排长甩到了后边。他替赵排长割倒一片,把几个上海青年留在远处。他俩不禁说起有一回埋伏在麦地里侦察敌情的往事。

不过,刘连长望着稻浪,说:你这个排长咋当的?给我装糊涂。我看,上海娃娃生病,病根在你脑瓜子里。

赵排长说:情况嘛,我清楚,你也清楚,都是干过侦察的嘛。这些上海娃娃要慢慢锻炼,一口咋能吃出一个胖子?

胡文彬拿着割稻进度表给赵排长。

刘连长说:往后递条子,不要叫小胡为难。你这个排长,自己的名字还是会写的吧?你这个关就要把好。

赵排长突然转话题,说:我已经不用翻译,就能听上海话了,八九不离十吧,能听出名堂了。

刘连长笑了,说:看来,我还要向赵排长学习啦!小胡,秋收结束,你就到连部当文教。

赵排长说:你咋能随便挖我的人才?

刘连长说:今后,你自己来送病假条,否则你就把胡子养养长,等着我来刮吧。

老李家的自行车

上海青年刘巧慧于1963年10月抵达团部，然后分到离团部十二公里远的连队。她和十几个姐妹被编在一个班，班长姓胡。丈夫老李比她大十多岁，是位经过战争年代的老兵。

初来乍到，刘巧慧每个大礼拜（每十天休息一天）总是频繁地和几个姐妹结伙上团部，寄家书，取包裹。她还是第一次离开父母，而且，离上海的家那么远。

机耕路，是厚厚的一层泡土。踩上去，没过脚踝，还尘土飞扬，不得不沿着渠埂或林带走。一去一回，脚上磨起了水泡，因为穿着统一发放的翻毛皮鞋，连袜子也磨破了。

渐渐地，就有人向老职工借自行车。在那个物资匮乏的年代，自行车可谓奢侈品，近两百户双职工（通常称成家的职工，叫双干户），有自行车的人家屈指可数：六户。试着去借，基本上吃闭门羹，软磨硬泡也没效果。

但是，却能从胡班长那里借得。这样，上海青年常常去借。只要自行车在,胡班长就很慷慨。其实,有几次胡班长是准备骑车出门的,但她说:你就骑走吧。

胡班长的丈夫从不干扰,他不吭声,好像自行车使用权没他份。他确实也不骑车,据说,他特地托团部供销股的战友购了车,主要是替妻子着想。儿子在哺乳期,她上工下工迅速,工间休息,中途赶回家给儿子喂奶。

有时,上海青年来借车,只说:胡班长答应了。他不抬脸,说:推走吧。

有个礼拜一,不会骑自行车的刘巧慧一大早就向胡班长借车,她向文化教员(简称"文教")争取到送一份生产报表到团部的任务,其实,是公私兼顾。她给父母写了一封信,恨不得让信早日飞到上海。

胡班长说:报表要紧。

刘巧慧怕被正在往田野里走的老职工笑话,就推着车走,等上到机耕路,前后没人,只剩她了,她抬腿上车,忘了自己不会骑车。没料到翘起的脚还没到达脚踏板,重心偏离,顿时,连人带车摔倒,压起了干燥的泡土,像着火冒烟一样。

她不信征服不了两个轮子的自行车,模仿别人蹓一阵,趁势跨上去。车好像在跟她作对。摔倒,爬起。脸、手、腿,摔得青一块紫一片。有一次,还摔在旁边的一窝骆驼刺里。她顾不得细细拔刺。上上下下,跌跌起起,扭扭歪歪,终于,到了离团部的最后一截,半公里的路,她能够骑着车不倒了。

车身好几处已变形,后轮的钢圈有点歪了。刘巧慧归还车的时候,说:我让自行车……遍体鳞伤。

胡班长马上拿出红药水,说:你自己伤得到处都是,不感觉疼呀!人要紧,老李,搬个板凳来。

刘巧慧坐着板凳,不动,任由胡班长东涂西抹,给她消毒、拔刺。胡班长说:你还真禁得住摔,伤口别沾水沾汗。

刘巧慧突然冒出一句:胡大姐,我学会骑自行车啦!

胡班长说:你本来不会骑?你胆子太大了。

老李插进一句(刘巧慧第一次听他正式说话):跌跌摔摔能成事。我当初骑马,不知让马把我摔下来多少次呢!

胡班长没好声气:马和车两码事。你那是打仗,现在是和平年代,人家丫头从上海到戈壁沙漠,多娇嫩的皮肤。看看,摔成啥样了?!

刘巧慧这才发现,两个车轮朝天,自行车倒放在地,老李在修理呢!他身旁摆着一套工具,还有打气筒。红色的内胎翻出来,像肠子,他正在补胎。他说:这车也真争气,到了家,气瘪了。它也知道到了家,就好办了。

老李是大丈夫疼小媳妇。他还是个普通职工,他的战友,有的当了连长,有的当了股长,有的当了副团长。他起先是马厩的饲养员,后来专业流动钉马掌,给营部所属连队的马匹钉掌,家随妻子在连队,他徒步往返,最远的连队有七八公里。当副团长的曾有意给他个"连副",他说:我没啥文化,脑袋中过弹片,管别人不行,只能管好自己。不过,管管马,我还行。

一个礼拜后,刘巧慧获知胡班长家又添置了一辆崭新的飞鸽牌自行车。原来那辆永久牌,多处脱漆的伤疤已涂了油漆,斑斑驳驳。胡班长仍骑着永久牌上工。

刘巧慧问:胡班长,该叫新车出来见见世面呀!

胡班长笑笑,说:熟悉的老车好骑。

有人开玩笑,放着新车,等着下车崽呢。

老李照样背着钉马掌的帆布包出行。放着新车不骑,新车是聋子的耳朵——摆设?刘巧慧认为骑惯了马的老李,不会骑自行车,而且,从来没见过他骑车。他至多把车推到门口,供胡班长骑。所以,上海青年说到自行车,从不说老李家的自行车,总是说胡班长的自行车。

率先骑新车的是班里的上海青年。风声透出来:有个夜晚,夫妻俩商量再添一辆新车,倒是老李提议的(借给别人一辆,你还有一辆可骑),也是心疼妻子。

结果,往往是新旧两辆车都轻易被借,而胡班长以步代车(老李至多说:两部还是不够呀。胡班长说:你心疼自行车了?他说:心疼你嘛,总得留一部自己骑嘛。她说:有意见上沙漠里去提。老李不吭声了)。她问过刘巧慧:骑着自行车在上海滩是怎样个情景?

刘巧慧说:车如潮水,车水马龙,车来车往。

胡班长一脸的向往,说:那咋骑?农场骑车,要咋骑就咋骑。

大礼拜天,刘巧慧借了"飞鸽",取了包裹,给胡班长一袋"大白兔奶糖"。胡班长问儿子:甜不甜?好不好?

儿子说:又香又甜。

团部有维吾尔族老人摆摊吆喝,打上海的幌子。吆喝上海的瓜子,不香不脆不要钱。上海青年来了后,农场职工都知道上海的物品丰富、精致。刘巧慧就自豪。

"飞鸽"回来,没撳铃铛,一路车响。老李说:新车的零件颠松了。

老李用起子、扳手,紧了紧车,然后一推,车像是自己蹿出去的一样。老李轻而易举地踏上车,在篮球场兜了一转,撒了一串铃声,稳稳地刹在她俩面前,拍拍坐垫,说:现在,除了铃铛,其他都不响了。

刘巧慧惊讶:你会骑车呀?

胡班长说:老李的腿长,骑车比骑马容易。

刘巧慧说:那出去钉马掌,怎么不骑车?

胡班长说:他骑了,你们不是要徒步了吗?他的腿经过长期考验,习惯脚踏实地,能走。

老李搓搓手,嘿嘿笑了。

那以后,刘巧慧改口,说:老李家的自行车。能不能做主,老李还是一家之长。按老李的说法是自觉接受老婆的领导。

家　书

上海青年赵思风1964年之前，对房子的概念是：房子在地面上。不过，他响应"到边疆去，到祖国最需要的地方去"的号召，在上海的人民广场，听过王震将军的动员报告，看过《军垦战歌》纪录片，还有父亲积极鼓励他报名，1964年6月，赵思风顺利地踏上西去列车，他没有"出了嘉峪关，两眼泪不干"，而是怀着满腔热情，一路高歌，以至到了农场的连队，他嗓子唱得有点沙哑了。

汽车送抵农场场部，然后是马车接他们到连队。有人说：到了。

赵思风疑惑，问：房子呢？

有位操着浓重的四川口音的汉子（随后知道他是连长）喊：大家注意，你们就站在房顶上。

赵思风吓了一跳，这房子跟沙丘差不多，这么多人站在上边，不要坍塌了？

连长喊：青年同志们，跟我来。

赵思风和同来的上海青年，顺着连长的引领，走下平地隆起的房顶——土包下开着洞门,稍稍弯腰低头,屋中间有一条三尺来宽的过道,过道两边是大通铺。

赵思风第一次见识地底下的房子,叫地窝子。他在上海,家里是棉褥子、棉枕头。一路不断换车,又说又唱,累了。他迫不及待地躺下,身下发出嘈杂的响声。他惊跳起来,一摸,褥子垫的、枕头塞的,净是麦秸秆。草褥子,草枕头。第二天醒来,鼻孔,嘴巴都钻进了沙子。

开始劳动——夏收割麦。赵思风第一次割麦子,镰刀不听他的使唤,小腿划了个口子,手心磨起了水泡。他浑身痒,说不清是蚊子叮,还是麦芒刺。

当夜,他打着手电筒,写了一封家书,表达了思念之情。他第一次离开父母,还这么遥远。一个月后,接到回信。家中的信,都由母亲执笔。

父亲是居委会主任,大小是个干部——喜欢打官腔。赵思风想象得出父亲口授的样子。母亲的信里传达了父亲的观点:建设边疆,好好锻炼。

于是,赵思风赌气了——他没回信,而且,他打定主意,不再给家里写信。他反感父亲讲"大道理"——那么远,够不着。

上海与新疆,一封信,在路上起码走十天半月。母亲来了三封信,他只拆阅,懒得回复。随后,母亲的来信频繁了,他隔一个礼拜收到一封信。母亲的信里,传达了父亲的"指示",可能父亲试图有针对性地做思想政治工作——期望赵思风汇报工作和思想情况。母亲在乎的是他的生活(吃、住,还有气候,她甚至问:沙漠地带有没有水?)。

赵思风肩膀嫩、力气小,大田作业,劳动强度大,伙食条件差,一天三顿苞谷馍馍,少油的菜很单调。他发现,连长时常关心他的生活,但不讲什么"大道理"。他倒是觉得连长比父亲要亲切。他不忍把劳动和伙食的情况告诉父母,他能想象出父亲一定讲"锻炼"的道理,而母亲会担忧他的身体。母亲的担心会传染给父亲——他想象自己像一滴水落在无垠的沙漠里。

半年后的一天,赵思风收到母亲的一封信,几乎与上一封信,一个前脚,一个后脚到,仅相差两天。信封出奇的饱满——八页。

母亲从其他家长那里打听了上海青年在新疆的情况。母亲当初反对他报名。这封信里,母亲替父亲解释:你爸在单位里大小也是个干部,动员青年支边是单位里一项重要的任务,动员符合条件的子女去新疆,你爸不带头,工作难开展。

信中,母亲写了盼望他来信,每天都等待邮递员的车铃响。赵思风发现,航空信封背面有四个字:思风降雨。

母亲收不到他的信,心里像久旱的沙漠。母亲生他的时候,是夏季,天气又闷又热,于是,母亲给他起了名字:思风。清凉的风驱散了暑热。

赵思风看到第六页,呆愣了。后三页几乎都是选择题(包括填充题)。母亲是小学语文教师,替儿子着想。而且,他感到,在母亲的眼里,他永远是孩子。

母亲表示:知道你很繁忙很辛苦,没有工夫写信,那么,不用花很多时间,只要把这三页"答卷"答完寄回即可。

多年后,赵思风也有了儿子,他已记不全母亲出的三页题目——选择题、填充题。选择题只需打个钩,填充题只需画个圈。比如:工作忙吗?(忙)或(不忙);身体好吗?(好)或(不好);吃得饱吗?(饱)

或(饿);睡得好吗？（能睡）或（失眠）。

赵思风第二天就托去团部开会的文教把"答卷"寄出（还附了一张劳动照片——微笑）。

一个月后,母亲回信。说你爸见了"答卷"就欣慰地笑了,而且像阅读"中央红头文件"一样,反复阅读,领会精神。

这封信里,母亲没有传达父亲的"指示",这是唯一的一次不再讲"大道理"。显然是她背着父亲写信。同时,赵思风收到一个包裹:两袋麦乳糖。是父亲的意思——长身体,补营养,母亲如是说。赵思风认为父亲不会考虑"拘质"。不过是母亲尊重一家之长。

结婚,搬进土坯屋后的第三年,母亲固执,趁放暑假来探望儿子。连长派拖拉机去团部把她接来。

母亲望着离连队不远的沙漠,抱住儿子,说:这样的地方,你怎么活下来的呀？

赵思风说:妈,我这不是活得好好的吗?! 果果,叫奶奶。

孙子果果像一个果实投入奶奶的怀抱。赵思风说:妈,你抱孙子,就像抱一个大西瓜。

晚饭由也是上海青年的儿媳烧。饭桌上,母亲提起家书——选择题。她说:我问你答,所有的选择题,问和答都没有反映出实际情况。

赵思风说:姆妈,那是你出题有问题。不了解实际情况,怎么能出好题？

母亲说:你从来都是报喜不报忧。

婚房发芽

上海青年刘大为和赵根娣结婚最早。刘大为向何指导员提出要结婚的事儿。何指导员说:你们动作倒快。

当时,连队的职工还住地窝子,只有连部有一排土坯房。上海青年一个班住一个地窝子。地窝子只有一个朝天开着的小窗户。刘大为要求单独的一间房子。

何指导员说:要房子可以,连队提供土坯,但你得进胡杨林伐木。盖起房子,我就批准你们结婚。

正值春耕春播前夕,老班长带着几个上海青年,进塔克拉玛干沙漠腹地伐木,那里有原始胡杨林。

出发前,刘大为约了赵根娣到防沙林,防沙林前边就是沙漠。树枝已有颗粒般的芽苞,叽叽喳喳的麻雀相互追逐,有的衔来草茬、羊毛在筑巢。他俩拥在一起,想象着未来的爱巢。

半夜,趁着凉快,四匹马拉的胶轮车进了沙漠。刘大为向往着沙漠腹地的胡杨林。连绵的沙丘在阳光下金光闪闪,很耀眼,没有生命的迹象。太阳西斜,他们在胡杨林边缘扎营。一条干涸的河床,有个弯,河拐弯的地方有一潭水。惊动了野鸭。野鸭惊动了一溜水面,飞走。

刘大为就觉得对不起野鸭:打搅你们了,我们来取些盖房子的木材呢。

稀稀拉拉的胡杨林,向着森林深处,逐渐密集,而且,逐渐粗壮,没有生命的沙漠腹地竟然活着有生命的胡杨。到底有多大面积?老班长只是用手比画着一个虚空的辽阔,他也没深入过,进去了要迷路,只能在它的边缘取材。

遍地都是沙子。老班长点燃了篝火 —— 烧饭,取暖。天气似乎从夏天一下子跳入冬天。刘大为觉得那么诗意。似乎他们的到来,打破了胡杨林原始的沉寂。老班长用沙子盖住了篝火的灰烬,将毡子铺在上边。

被窝里热乎乎。刘大为望着星星,入梦。他醒来,第一眼看见回来的上海青年,就笑。说:白胡子老头。对方说:你也老了。他抹抹脸,眉毛、胡子、头发都结了霜。

唯独老班长好像年轻了。他说:你们睡觉没捂住头吧?

刘大为说:脑袋捂进被子睡,闻屁。

老班长教了刘大为使用斧子的技巧。刘大为选择了一棵中不溜秋的胡杨树,赤条条的胡杨树像冬眠一样,没有一点绿意。

刘大为看中了一根枝杈 —— 橼子的料儿。他狠狠地砍下去。剩下粗糙的皮连着枝,似乎枝不舍得离开树。他停止了手中的斧子,脱口叫:哎哟。

老班长在五六步远的另一棵树旁,说:咋啦?砍了自己?

刘大为说：老班长，你看，看。

一根连着皮的树枝低垂着，可是，与它相对的另一根枝，在颤抖，抖个不停，像在严冬中冻得哆嗦。

老班长关心他，说：没砍伤自己吧？

刘大为指着颤抖的树枝，说：老班长，你看，它是不是也疼了？

老班长说：树知道什么，你可能下手太狠，惊动了整棵树。

之后的两天，刘大为脑子里时不时地浮现出有一根树枝在颤抖的画面。而且，它带动着整棵树在抖动，像要抖掉什么。树要是会跑，一定能避开他的斧子。老班长帮他磨过斧子，那刃，很锋利。

风吹过胡杨林，掀起沙尘。树枝相互摩擦，发出干巴巴的声音。刘大为听那声音的涟漪，好像所有的树相互传报：斧子来了。

春耕春播结束，播下种子的田野，已拱出嫩苗，一行一行，隐隐的绿。远处传来布谷鸟滞后的提醒：布——谷，布——谷。回荡的叫声，显出田野的空旷、宁静。防沙林也平静下来，麻雀已在一心一意地孵蛋。沙枣花香弥漫开来。新房里，荡满了浓浓的花香。

新婚之夜，像装满麦种的麻袋，叠码在地头，刘大为拥着新娘。她说轻点。他分辨不出是体香还是花香。他把马灯拧亮，说：你就是一朵绽开的花。床头一瓶子里，插了一束沙枣花。他说：我们这个婚房，像一个大箱子，灌满了香气。

他说：这么美妙的夜晚，多么适合孕育我们未来的孩子。

赵根娣枕在他的胸前，听着他的心跳，她说：你的心，像在擂鼓。

刘大为扎到了沙枣花的刺，突然叫：哎哟。

她的头从被窝里钻出来，疑惑地看他的脸。

他说:你看,你看。

她循着他的目光,仰视。一排整齐的椽子,像琴键。花香里掺和着泥土和木料的新鲜气息。房子似乎也在喘气。

他说:你看到了吗?

她终于响应:哎哟,我们的房子发芽了。

有一根椽子抽出几片嫩嫩的芽,仿佛咧开了小嘴,笑了,那芽显示着叶片的趋势。刘大为说起原始胡杨林里发生的怪事:同一棵树的一根枝被砍断,另一根枝在颤抖。他说:奇怪,好久也不停。

那一年起,连队的春耕春播,就增加了一项内容:进沙漠腹地的原始胡杨林砍椽子。刘大为私下里开始写诗。写了,就压在褥子下边。

哑 巴

上海青年朱玉媚来到连队的第一天,她觉得被一个目光盯着。于是,她在欢迎的职工里,看见了他。他立刻做了一个动作,将粗糙的两个指头戳在脸颊的两边,然后,又用两只并起手指的手放在下巴颏的两边,托着脸,憨憨地笑了。仿佛花开。

朱玉媚的脸顿时发热。她还从来没有被陌生的男人久久地死死地盯视过。安顿下来,她对同乡说:发痴。

同乡说:爱美之心,人皆有之。谁叫你长得这么好看!

当晚的欢迎联欢会上,朱玉媚朗诵了一首诗《西去列车的窗口》。台下,哑巴做了个两手托下巴的动作,还张开嘴。不几天,连队里就传言,朱玉媚是连队的一枝花。从上海来,在沙漠里绽开了。

朱玉媚每天都能感觉那个目光在注视着她,仿佛被透明的蜘蛛丝网着。

排长是个胖大姐,连长的妻子。朱玉媚在她那里打听到,那个盯视她的男人是刘连长认的干儿子,祖籍甘肃。他是在1947年进军新疆的途中,被收留的孤儿,是个哑巴,算得上是小小的老兵了。

胖大姐说:看又不会把你看少,哑巴心眼好,还是第一次看见你们这些上海姑娘。

上海青年4月分到连队,5月进入春耕春播。平地,用坎土曼、柳条筐挖地,地像在冒烟,沙尘飞扬。朱玉媚第一次使用这样的劳动工具,挥坎土曼,手掌磨起了水泡,挑土,肩膀被压肿了。傍晚收工,她浑身的骨头像散了架。可是,还是落在别人的后边——完不成劳动定额。

朱玉媚不愿拖三人小组的后腿,她要笨鸟先飞。天蒙蒙亮,她就跟小组里的其他两个人,悄悄下地。

一天下来,连队的黑板上公布出成绩,她勉强完成定额,但还是远远地落在后边。看着黑板,她的眼泪忍不住流下来。她的心气一向很高,她鼓励自己坚持。第二天,仍然早起。清晨,风携带着沙漠的气息,含着寒气。天一亮,她已浑身发热。

那一天,黑板上,朱玉媚小组的名字已升到前头。胖大姐祝贺她,提醒她注意身体,地里的活儿,一年四季,考验的是一股耐力。

朱玉媚清楚,碰上了一片好平的地。不过,她觉得有点不对劲,那块地,有平整过的痕迹。

终于,接着的一天,她远远看见地里有个人影,走近,雾一样的沙尘在慢慢沉淀,好像一个比夜色还要浓的影子融化在黎明前的夜色里。地里有用坎土曼平过的痕迹。

地头吃午饭的时候,朱玉媚又感到有一个目光。因为投入平地,她已经好多天忽略那个目光了。她的目光一找到哑巴的目光,就反感。

哑巴做了两个动作,跟她来到连队的第一天一模一样。

胖大姐解说哑巴的动作,说:两个指头抵着两边的脸,意思是酒窝,两个手托着下巴,意思是你漂亮,像花开一样。

朱玉媚的脸,在太阳下,本来就发热,这一下,发烫了。她说:把别人看得不好意思了,哪能这样看人?

胖大姐说:女人不就让男人看的嘛!老刘连看都懒得看我了。

朱玉媚说:刘连长要管一个连,操心的事多。

胖大姐说:算了吧,老刘追我的时候,也有哑巴那样的目光,像要点燃我那样。现在,就像沙漠里的篝火,熄灭了。

忽然,朱玉媚提起联欢晚会,哑巴做的那个动作,嘴里还咿咿呀呀发出声音。

胖大姐笑了,说:那是表示花开的声音。

朱玉媚的小组,甚至排在全连的第一名。她知道地里的身影——哑巴在帮她呢。

播了种,团部调朱玉媚去当播音员。临别,哑巴塞给她一个军用水壶(战争年代的纪念品),水壶的两边,用红漆涂了两个圆圆的红点。

哑巴当场做了一个她熟悉的动作:两个指头戳在脸颊的两边。

朱玉媚捧着水壶,害羞地笑了。

哑巴指着她的脸,重复了那个动作。

秋收结束,胖大姐来团部有事,顺便看望朱玉媚,一眼看见军用水壶,说:那上边有哑巴点的两个酒窝。胖大姐给了她两个红苹果,一把喜糖。胖大姐说:老刘给哑巴在老家找了个媳妇。你那么能干,老刘可舍不得放你走。

哑巴开上了拖拉机——当了机务班班长。胖大姐说:你知不知道,谁是你广播的忠实听众?

连部的门口,连队的田野,安了喇叭。朱玉媚想到,自己的声音还住在连队。她说:你代我谢谢他。

胖大姐做了两个指头戳在脸颊的动作,接着,又做了双手托着下巴的动作,说:哑巴,嘴巴说不出,可耳朵灵着呢。他仰望着喇叭,就会做出这两个动作。你的声音,像雪山融化的水,浇灌着绿洲。

朱玉媚想起春耕春播期间平地,那个她一出现就消失的身影。她想象康拜因在田野里收割,夜晚,声音特别响,哑巴要发出声音,一定那么响亮。她说:大姐,我有时候对着镜子,也模仿哑巴那两个动作。

晚上还有什么事

上海青年小迷糊,接连三天,收工回来,就坐在支着蚊帐的床沿,俯在床头皮革箱子上写个不停,好像生怕遗忘了什么。一行行字,像麦苗。

同一寝室的上海青年,先擦身,再打饭。朋友替他打来饭菜,催道:肚子不饿呀?给谁写情书?

小迷糊姓肖,他嗜睡多梦。在地里,他拄着坎土曼把子也能打盹。小和肖谐音,大家都叫他小迷糊。

小迷糊似乎感觉到了肚子饿,他放下笔(英雄牌钢笔),说:我给妈妈写信。

有人说:好男儿志在四方。

小迷糊匆匆扒进饭菜,然后,像鸵鸟遭遇危险,一头钻进没打开的被子,他的衣裤也没脱。这时候,夜色渐浓,寝室里亮着灯(连队有一台发电机)。

朋友推小迷糊起来活动——打篮球,说:春姑娘来了,大地这个母亲也醒了,你怎么像冬眠的虫子?

小迷糊说:我得提前睡,妈妈会赶到我的梦里来。

过后,同一寝室的上海青年回忆,小迷糊说,那三天晚上,妈妈总是出现在小迷糊的梦里,而且像有什么事儿。可是,梦里见到了母亲,他竟忘了问。

门口,刘排长喊小迷糊。春耕春播"战役"打响了(农场用军事术语说农业生产),翻地的拖拉机不休息,人三班轮换,其中一班的农机手生病了,临时指派小迷糊顶替。

小迷糊说:我有事!

刘排长说:晚上还有什么事?不就是睡觉吗?明天让你睡个够。

朋友说:小迷糊的妈妈要从上海来。

刘排长说:要到也是白天,明天我派车。

朋友说:不用接。

刘排长说:几千公里来看儿子,咋能不去接?

小迷糊说:能不叫我上夜班吗?

朋友解释:小迷糊要睡觉,妈妈要跑进他的梦里。

刘排长说:乱弹琴,干活可不能挑肥拣瘦。

小迷糊嘀咕:我妈妈好像有什么要紧的事儿。

刘排长说:春天做梦乱。现在,还有什么事儿比春耕春播更要紧?

临走向夜色笼罩的田野,小迷糊说:这个夜班我肯定上不好。他像交代后事那样,指指床头箱上的信封,托朋友,说:明天把这封信交给通讯员,带到场部寄出。

蚊帐敞开成"人"字形,似乎等待着小迷糊来做梦。寝室里的人被叫醒,天已蒙蒙亮。田野里,散发着解冻的泥土气息,翻耕出的泥土像是波浪,突然定格了。乌鸦不断俯冲,啄着翻出来的冬眠的虫子。他们在翻耕过的那片土地里,寻找、收集小迷糊,并且,拼接在一起,但还是有个别部位凑不齐。

经泥土、草根的摩擦,犁铧闪着锋利的银光。后半夜,换下班,小迷糊裹着光板儿羊皮大衣,躺倒,似乎迫不及待地赶往梦乡。梦里,妈妈一定等得焦急了吧?小迷糊同寝室的朋友这么猜想。

应当躺在翻耕过的湿润的地边,可是,小迷糊睡在了没耕过的地里,那里有去年留下的稻茬和芦苇。履带式拖拉机犁过,拖拉机手没察觉,只以为这片土地还没解冻或芦苇根系发达,拖拉机迟钝地吼叫着,把羊皮大衣也犁开了。

给拼凑起来的小迷糊擦洗身体,换上衣裤。小时候,居住在同一条弄堂的上海伙伴,拉着小迷糊的右肩,几乎是哀求地喊:小迷糊,伸直手臂,小迷糊,伸直胳膊。

弯曲的右臂,保持着写信的姿势。伙伴说:小迷糊,你给妈妈的信还没写完,以后,我替你写,你就好好睡吧。

这一年,小迷糊还不满十六足岁。伙伴熟悉小迷糊的笔迹,他开始给小迷糊的妈妈写信。有一天,他被要求给稻田灌水——夜班。那片稻田长势特别好。沙漠吹来了风,掀起绿色的稻浪(他赋予它白天的绿色),仿佛听见小迷糊的鼾声,还伴随着夜色里水流进稻田的涓涓响声。

伙伴对着稻田,说了这些日子的为难。他说:我已接到你妈妈的回信,她没察觉你已出事了。我知道,这件事瞒不久,我没梦见过你妈妈,我担心,你妈妈闯进我的梦里,我怎么说?这件事实在麻烦,还是你自己在梦里对你妈妈说吧,你在那边给妈妈托个梦。

看不见的小东西

上海青年赵明第一天放羊,羊群过了长满骆驼刺的戈壁滩。远处一片胡杨林,胡杨林的背后,隐约有条大河,像宽宽的亮亮的飘带。戈壁滩和胡杨林之间,隔着一片开阔的沙漠。这时,羊群像受了惊,疯狂地跑起来,带起沙尘,像湿柴起火那样。

赵明1963年进疆。第二年春,因为他个头矮,身子瘦,连长照顾他,将他从农业战线调到畜牧战线,其实是换了一个工种(农场喜欢用军事术语),派他跟杨排长一起放羊。

杨排长是个老兵,不识字,话不多,曾当过副班长。可是,连队的职工都叫他杨排长。1948年他参军前是个羊倌。连队的"畜牧战线"包括马和牛(统一有马厩),还有一群羊,一百二十余只,由杨排长一人放牧。马厩在连队驻地里边,羊圈在外边,距连队有两里路。叫他杨排长,是指他放羊,不能喊大了,就叫他杨排长,加强排。

羊群埋头奔跑,赵明傻了眼。他看不出附近有什么东西威胁羊群——羊很敏感。他甚至怀疑自己身上有什么陌生的东西引起了羊群的骚乱。

杨排长跑到羊群前边,搂住头羊的脖子,喊:小赵,两边堵。来喜,现在看你的了。

来喜是条狗,浑身黑,没杂毛,像从黑夜里冲出,染了一身的夜色。它绕到羊群的左边,堵截,狂吠。

赵明绕到羊群的右边,用小铲铲起小石子,制止羊群奔跑。

不一会儿,羊群稳定下来。杨排长抚摸头羊,说:要带好头。

赵明气喘吁吁,一脸汗水,问:到底是什么东西惊动了羊群?

杨排长说:每年开春,羊见了刚露出地面的青草,稀罕得不行,生怕抢不上,边啃边跑。要是不赶紧稳住,不减慢速度,这么跑几天,羊就跑瘦了,这叫跑青。

赵明发现,沙地上,有嫩绿的小叶片露出,啃过的草好像受了惊,缩回沙地,隐约留着一点绿的断面,周围已经被羊嘴压出一个小沙窝。他脱口说:就一点点绿芽,羊群不乱,我还看不出……就一点点嫩芽呀,惹得羊群……争先恐后,吓坏了憋了一个冬天的小草,小得看不见。

杨排长说:青草是羊的朋友。

来喜积极行使自己的职责,它似乎也知道稳住了头羊,就能稳定羊群。它对头羊很粗暴,时不时地冲着头羊,像恼火了一样叫。天上白云飘,地上羊群动,动得极慢,都埋着头,认错的姿态,其实在啃小草,所过的地面,零零星星的绿,被抹掉一样,剩下一条乱的蹄印。

羊群入林。他俩在胡杨林边的一个沙丘上点了一堆火。红柳条,胡杨枝,在火舌中哧哧溜溜、噼噼啪啪地响。火萎缩了。杨排长拨开灰烬，把玉米饼子煨入烫烫的沙子。不一会儿，饼子就传出香气。取出，焦黄。太阳悬在头顶的天空。

一棵一棵胡杨树下，三三两两地卧着羊。有一只羊，仿佛过来访问一样，来到杨排长身边，扯一扯黄军装的衣襟。

杨排长将最后一块饼塞进羊的嘴里，一下子蹿起，像沙丘里长出一棵树。他说：不好，坏了。

赵明起身，站在沙丘顶，目光巡视了一遍，试图发现"敌情"——是什么"不好"的东西威胁到羊群？树和羊都静止着不动，只有沙漠的风，像哈气一样热热地拂面。

杨排长取出帆布包里的小斧子，跑进胡杨林，砍了几根树枝，树枝上已有嫩叶。他喊：来喜，赶紧转移。

来喜像旋风一样兜圈，狂吠。蓝蓝的天，白白的云，看不出起沙暴的征兆——赵明猜测沙漠地带的天气，像小孩的脸，说变就要变。

来喜在逼，杨排长在引。他将树枝贴着沙地，拖着跑，头羊率领羊群追逐树枝——那一点点绿叶的诱导。

赵明也加入转移的队伍，自然而然地与来喜分工合作，不让两边的羊失散。

一把捆着在地上拖着的树枝带动一群羊，来到了塔里木河畔。杨排长松手，转眼间，连树皮也被啃掉了。羊群顺应河岸的曲线，自然地散开，饮水，甚至，有的羊还浸入浅滩的水中。

赵明说：羊群在树荫里休息，不是很安静吗？是什么东西有危险，需要紧急转移？

杨排长说：草鳖子。

赵明的反应是皮肤起痒,他只是听说过这种虫子。他说:我怎么没看见?看不见的虫子威胁看得见的羊群?

杨排长说:胡杨林里有很多草鳖子,羊也看不见,草鳖子专门吸羊血。

赵明抚着身边那只羊的羊毛,他试图替羊抓虫,却看不见。

杨排长说:草鳖子是羊的敌人,一大一小,一明一暗,羊没法子对付暗处的小东西。你看,站在水里的羊,一定感到被咬得难受了,人要帮羊,抓也抓不过来,草鳖子很狡猾。

赵明总算捉到一只草鳖子,像微型坦克。他说:把羊群赶进河里,泡死草鳖子。

杨排长摇头,笑了,说:塔里木河,是脱缰的野马。今晚回去,用药浴歼灭羊身上的敌人。

赵明想到羊圈边有一个水泥池子,两头还有栏栅门。第一眼看见,他还以为是闲置的饮水池子。原来是药池呀。现在,他望着打着旋涡的河水,听着哀叹式的羊叫。以前,他一直很自信,在他的视线范围内,什么东西都逃不过他敏锐的目光。这一天下来,他记住了两样看不见的东西,而且是小的东西,却把大东西引动,羊和人。他觉得杨排长像个电影里的侦察员。后来,他听说,杨排长只当过一次侦察员,装扮成羊倌,赶着一群羊,到敌人的阵地。

游泳风波

上海青年徐斌的手和嘴特别"好使"（张指导员的评价），就是擅长写和说。刘连长不以为然，他讲究劳动能力，说：那名字，能文能武，我看虚了一半，干活不咋样。张指导员提议他当文教，刘连长认可，要他给地里干活的职工多多鼓劲。

连里有一个排的上海青年，进疆有一年了，平时只用脸盆擦身，算是洗澡。可是，大家想游泳。1964年夏，一个赤日炎炎的大礼拜天，徐斌响应呼声，带领大家去南干大渠游泳。

大家拿出冷落了一年的游泳服装，男的穿游泳短裤，女的穿三点式泳装，还是首次全身投入来自雪山融化的雪水。渠水里携带着沿途戈壁沙漠的红土、青沙，渠里渠外是两个温度反差悬殊的世界，渠水刺骨。

徐斌这样安排：女的在上游，男的在下游。相隔不到五十米。他担心有什么闪失 —— 安全第一，便在渠堤上观察、巡视，自视为救生员。

渠里响起喧闹的笑声和撩泼的水声,这可能是沙漠地带的水渠从未有过的热闹,让人仿佛一时忘记了身处新疆,好像在上海的游泳池里。衣裤包裹着的肌肤,尤其是女人,白皙的皮肤和婀娜的胴体,第一次接受沙漠的烈日的关照,绽开着水花。

徐斌忍不住浸入男女之间的那段空白里,暑热顿时被驱散。他抹掉一脸的水珠,发现蹲在渠上的拱形的木桥上,站着十几个人,有老职工,有小孩,但没有女人。他们好奇地俯望,摇头,议论:"上海鸭子",真不害臊。或说:男人女人咋可以一起洗澡?还喊一些难听的话。

称上海青年为"上海鸭子",是因为连队的职工听不懂上海话,他们像听鸭子叫。小男孩们在桥上齐声喊:上海鸭子呱呱叫。

渠里的声音戛然而止。上海青年失了兴致。徐斌招呼大家立即上来,穿上衣服。有几个上海青年疑惑:到底发生了什么事情?

返回连队。有一群小男孩跟随着起哄,用手指在脸上做"羞"的动作,像车尾卷起的沙尘,喊:上海鸭子呱呱叫,上海鸭子呱呱叫。指导员派人来叫徐斌。指导员和连长一脸严肃,坐在办公室里。

刘连长说:都是小孩脱光了在渠里洗澡,你们不是瞎胡闹嘛,乱弹琴。

张指导员说:小徐,是你带领一群男女在一条大渠里洗澡的吧?

徐斌说:是游泳!

张指导员说:洗澡和游泳不是一码事吗?

徐斌说:脸盆里只能洗澡,不能游泳。游泳是一项体育运动。

刘连长说:把游泳的力气和时间花在田地里,不是更好吗?徐斌同志,你们在浪费力气!实在不像话。

徐斌讲起上海游泳馆,比如,进游泳馆要检查身体(连长插话:又不是当兵,要体查);要有医院的健康证明;要买门票或办卡;还有更衣间(指导员忽然想起什么,说:这里的渠水是天山的雪水,弄不好会抽筋)。

徐斌笑了,说:上海游泳馆,还要保持水温水质,有专门的救生员。这里,我也考虑到了,而且,下水前,大家都做了热身运动。

刘连长咧开嘴巴,笑了,说:洗个澡,还那么费事?太麻烦!这里随便洗。

指导员纠正道:老刘,那是在上海游泳。这里是另一码事,偷偷摸摸不好。

刘连长比画着问:游泳馆跟涝坝差不多吧?

徐斌说:差不多。

晚上点名(全连职工大会,通常内容是学习文件,布置工作)。刘连长说了突击拔稻草的安排。

张指导员提起游泳风波(老职工以为张指导员发明了"游泳"这个词),他点点脑袋,说一些老职工思想落后,少见多怪。他讲解了洗澡和游泳的区别(下边坐着的一位老职工说:顺口就蹦出个游泳,脑袋瓜子好使)。他要求:老职工和上海青年要相互学习、相互促进,上海青年要向老职工学习生活经验、劳动技巧,老职工要向上海青年学习城市文明、青春活力。像谁犯了规,他做了个裁判员暂停的手势(左手食指顶在右手掌心),说:老职工回家,要教育子女,不要少见多怪,今后不能瞎起哄、说怪话。

坐第一排的徐斌举起双手,带头鼓掌。先是上海青年鼓掌,接着是全体职工鼓掌。那掌声,像水渠里游泳时喧响的水声。

刘连长做了个往下摁的手势,说:突击拔草结束,连里打算挖个专门洗澡的涝坝。渠里的水嘛,太浑太凉,弄不好有危险。

张指导员说:我补充一句,上海的说法,叫游泳,游泳涝坝。沙漠也要有游泳池,第一个。

又是一阵热烈的掌声,像开闸放水。

一种习惯

上海青年刘国萍,瘦瘦的身,圆圆的脸,戴着一副近视眼镜,梳着两条小辫子。到连队不久,老职工就在背地里称她小苹果,而且是"国光"苹果。

刘国萍走路是轻轻地走,说话是轻轻地说,微笑是浅浅地笑,好像怕惊动什么一样。连队的妇女说刘国萍像沙漠吹来的风,而且是稻子成熟时节吹来的风。

她白白的脸,像失血,更加衬托出她的体弱和单薄。沙漠地带的太阳很毒,可是,对她无力,至多,晒得她白里透红,如同秋天的红苹果。

秋天,收割稻子,收割的方式是上海青年一人分十多行,两米宽幅,并排推进。老职工则有定额,分地块,原地"打转转"。

每个人都割固定的宽幅,一步一步"向前进"。农场的条田统一规划,长一千米,宽八百米。"向前进",就是前进一千米。起先,刘国萍割倒一片,忍不住抬头远望,地尽头是那么遥远。沙漠刮来的微风,吹过金黄色的稻穗,沉甸甸的稻穗,近处是含羞地勾着头,远处,是层层的稻浪,一波一波,波向远处的林带,林带犹如绿色的大坝。

排长教她:少抬头,闷头割。因为抬头会失去信心,总觉得尽头是那么遥远。

往后看,一捆稻子躺在稻茬上边,像剃了头发。渐渐地,她发现两边没了人影,原来在"同一起跑线"上,现在他已跑到前边去了,倒是留下她未割的长条形稻子,凭空筑起一道坝那样。

上午休息一刻钟,大家都坐或躺在稻浪中,她仍弯着腰,一手搂一束,一手割一镰。眼见要追上,可是,稻坝也拉长了。她甚至想象自己在稻坝上走,不远处,几只麻雀像在稻浪中潜出,叽叽喳喳飞向天空。

她发现,稻坝变窄了,前边一起来的上海青年,顺手把她的几行带走。可是,她还是赶不上去。一只手搂,一只手割,已放弃了思考,两只手机械地动着。她想象自己是一台小型"康拜因"。

连长要"康拜因"歇着,发挥"人海战术","人定胜天"。刘国萍不明白其中的道理,她想象全连二百多名职工,相当于人工的小型"康拜因",跟机械的大型"康拜因"比试,显示出人的力量。

不知是昨天、今天,还是明天,刘国萍已没了时间感觉。她只记得到了条田的尽头,原来的起点那么遥远,连队的拖拉机、马车,正在装他们割倒的稻子。

她听见林带前的笑声、说话声,那是割到尽头在休息的声音。她割到了尽头,别人休息够了,又返回(同样的宽幅),仿佛又在起跑线上了。她立刻加入了割稻的行列。

条田,如同一个田径场,起点,终点,不断交替,来来回回……她的手掌，已磨起了血泡，缠着手绢，两根辫子也束起……日出日落，每一天都做同样的动作摆同样的姿势。偶尔，她的灵魂，像飞出稻浪的麻雀，俯瞰割稻的她。寝室里，躺倒入睡，稻田里，转身割稻。甚至，梦中，她也在割稻，还有另一个她在监督她，像啦啦队。有一次，割稻的她要求呼喊的她，说：找把镰刀一起割呀。手里的镰刀竟生出一把镰刀，飞到呼喊的她的手里。

秋收尾声，大概是最后一天，她晕倒了。于是，连长安排她到连队的小学当了老师。她的板书，像一行行稻子，一堂课下来，板书够她割稻的宽幅。一排排字的间隔，符合水稻的行距。

刘国萍跟其他老师不一样。她讲课，不固定在讲台前，而是在学生的三排课桌间走动，走到教室后边的"学习园地"墙报，停一下，然后，沿着课桌间的走道，如割稻，到了尽头返回，到了讲台又停下，板书，再走。

顽皮的学生转过脸，目光会随着她，到达"学习园地"，然后，再追随她，返回讲台。但大多数学生，像老师那样，看着书，朗读。她偶尔看一眼转头的学生，学生立刻转向课本。有时，她欲板书，发现是"学习园地"，不过，这个板书的动作学生没注意。

教室里，前走后，后走前，她这样来回走动，仿佛取消了前前后后的区别，唯一的一点，就是板书，明确了前后，因为黑板在前，学生朝向黑板坐着。她的手里总是夹着一支粉笔。一堂课下来，她来来回回，不知走了多少路，假如拉直了，不知走了多远。

学生把这种不停地来回走着教课的情况说出去，很快传到了同一批来的上海青年耳中。

大家羡慕她,说:大田里干活,你还没干够呀?

连长听了儿子的形容,特意在窗外观察刘国萍讲课。下课,刘国萍出教室。

连长笑着说:广阔天地,大有作为。你把割稻的那一套也带进教室了。

刘国萍顿时意识到了,脸像秋天的苹果,红了,说:大概是……一种习惯吧?

连长说:这样好,身在教室,胸怀农场,放眼世界,你教的学生可是军垦第二代呀。

刘国萍抿嘴笑,说:连长,你把我说大了,我没那么大。

闲人免进

上海青年陈立抢先把行李放在最里边的床板上,长方形的床,紧紧地靠着墙角,离后窗还有一张床的距离。

虽然,是连队在他们这一批上海支边青年到达前造的房子,土坯屋,刷了石灰,但还能看出墙壁土坯垒砌的缝隙。十二个人一间,唯有陈立支起了蚊帐。蚊帐像是屋中之屋。

从住进的那一天起,除了吃饭、擦身,他就进入蚊帐,还把蚊帐放下来,压住下端。一种拒人于千里之外的状态。他确实也不跟别人交流。

两天后,蚊帐的上端粘了一张巴掌大的字条,像个匾,毛笔字:闲人免进。

外边看,蚊帐里,陈立并没有立刻躺下,他倚着墙壁,墙壁上贴了报纸,蚊帐的一面由他的身体压在报纸上。没看书,大概是有心事吧?有时,他也起身,在蚊帐里寻找什么,又像跟什么搏斗。只是,蚊帐里,他的形象朦朦胧胧。

有人说:他就是个闲人,否则应当改为"忙人免进"。

渐渐地,同宿舍的人视他为不存在。可能有人将他的情况反映上去了,指导员找他个别谈话,问他的思想情况,适不适应连队的生活。他只是摇头或点头。指导员要他"跟群众打成一片",否则,一个人闷在蚊帐里,会闷出病。

陈立说:我没妨碍别人吧?

上工他准时,收工他照常,活儿也不拖全班的后腿,就是慢点。他挥坎土曼,似乎要研究土地那样,或说,挖下去,观察土地里有什么反应。

谁也猜不透他的脑子里在想什么。不过,除此之外,他也没有异常表现。吃照样吃,睡照样睡。吃的时候细嚼慢咽,睡的时候悄无声息——他不打呼噜,仿佛生怕叫人家知道他的存在。

不合群,大家这么认为。即使在一起,他似乎也是游离在外。他没有和别人发生过矛盾。有人说:跟他吵,恐怕也吵不起来。

有一次,指导员来宿舍了解上海青年的生活情况,特意揭开他的蚊帐,观看了一遍,说:跟大家差不多嘛!这是床,不是房,闲人免进,只有你自己进,你把床铺弄得蛮整洁嘛。

有人说:我来参观下。

一旁站着的陈立,像岗哨,立刻将帐帘合拢。

指导员笑了。于是,通知陈立,安排他到种菜班。

种菜班的老班长,绰号叫独眼龙。战争年代,一颗炮弹没炸死他,弹片划瞎了他的眼。

后来,陈立在独眼龙的女儿那里,获知是班长点名要他种菜。

种菜班人员,除了班长,其他人常流动,农忙时减人,农闲时加人,主要是加强农业生产第一线。

所有的人都住在菜地旁的一个地窝子里,冬天当菜窖。陈立一搬进,就支蚊帐。已是初冬,有人说:没有蚊子支什么蚊帐?

独眼龙套用陈立的话:我支蚊帐碍着你,碍着菜了吗?

陈立迟疑了,终于没支蚊帐。可是,一个星期之后,他卷起铺盖,转移到一个干打垒的房子,七八平方米,他没给班长打招呼。房子存放菜籽和闲置工具。

班长说:反正空着也是空着,你倒会找窝。

其他三位班员认为陈立嫌弃他们脏,包括脏话。

班长说:你们这几支莫合烟把人家熏跑了。

他们说:不识人间烟火,上海人穷讲究。

那间房子,狭窄,阴暗,一个抬把子当门。陈立在柳条抬把子上糊了纸,纸上写了八个毛笔字:仓库重地,闲人免进。

确实,房子里还堆着几袋菜籽,是菜地的种子仓库。陈立将菜籽码在板子拼成的床底下,万一床不稳,菜籽也能够撑住。仿佛他也是"仓库"里的菜籽,感到自己要发芽。不过,老鼠不再猖獗。

三位班员有想法:我们难道是"闲人"?班长资格老,说:你们干吗自愿去对号入座?

不久,连部贴出大字报,揭发陈立闹"独立王国"。甚至,牵涉到班长——是"后台"。班长说:人家一个人住,就是"独立王国"了?

陈立睡觉,听见暗处的老鼠走动,他学猫叫。有一天,老班长的女儿来了,故意说:仓库重地,我算不算闲人?

陈立说:不算不算。

老班长的女儿看上了陈立,而且,得到了老班长的认可:我一目了然,这个上海青年,是个会过日子的男人。

进入热恋。陈立的蚊帐第一次允许她进。问起蚊帐,涉及连队的传言:不合群、独立王国等。

陈立说:我爹死得早,小时候,总是妈妈抱着我睡。上中学了,妈妈要我单独睡,有蚊帐,我感到安全。我睡眠不好,常做噩梦,我妈一直说我睡相差,睡着睡着不知什么时候就抱上枕头睡了。

她说:是不是像你现在抱着我这样?

他腾出一只手,伸进她的衣服里,说:再过几天,菜地又要忙了。

她的手摁住他的手,说:仓库重地,闲人免进。

他的手不肯撤退,说:你是王国里的公主。

她说:等到结婚那天,我会让你进。

石可贵的肚子

上海青年石可贵能干活，饭量大。他长着一张娃娃脸，皮肤白嫩。沙漠地带的阳光毒辣，至多晒得他脸发红，反倒英俊，像个秋天的红苹果。

石可贵控制不住肚子，一个月的饭票，往往半个月就吃掉了。他采用两种方式对待没有饭票的日子。一是借，主要是向连队的姑娘借，这如同滚雪球，越借越多。按职工们的说法，他借饭票，只向异性借，千年不赖，万年不还。怎么还得起？二是帮，他完成了自己的劳动定额，就去帮别人干活，主要援助对象是老职工的女儿。他有自知之明，同来的上海女青年不待见他。他帮姑娘完成劳动定额，投入的力气就抵消了借的饭票，姑娘常常还额外地援助他饭票。

石可贵谈过两次恋爱，对象都是老职工的女儿（同父母在一个连队）。他拍拍微隆的肚子，总结道：成也萧何，败也萧何。他还现身说法：食物能改变心灵。

第一个对象叫周远芳。石可贵帮她挖过渠，她也援助过他饭票，他清楚,那仅仅是停留在出力气给回报的阶段,毕竟是连队的活儿。他时常看见周远芳家的烟囱冒出的炊烟,同时闻到门前高粱秆棚里飘溢出的香味,那就是家——自己开伙,用不着去吃食堂里千篇一律的饭菜。

石可贵终于抓了个机会,进入周远芳的家。周远芳仅透了个口风,要挖个菜窖。双职工(指成了家的)差不多都有贮存过冬的蔬菜的地窖。大礼拜天开工,石可贵听取了周远芳父亲的想法,然后说:你们都去休息,中午来验收。其间,周远芳和母亲来送茶水、毛巾。他说:你们在,我的注意力就分散了。

屋背后的窗前,一个方形坑挖好了,他闻到了熟悉的香味,其中还有羊肉的气味。他知道,今天可以理所当然、冠冕堂皇地进入这个家了。

还有酒。和周远芳的父亲对饮,话就多了,起先还动员他:来,来,吃,吃,别客气,你辛苦了。不知不觉,筷子就自行其是地频繁夹菜。周远芳的母亲端上菜的同时,还不断地鼓励他,从上海到这么远的地方,不要做客,就当是自己的家。

石可贵也顾忌不到观察他的母亲的目光,他确实感觉坐在了自己家里一样。嘴巴如同敞开的仓库的门,不停地往里边放食物。

完工的菜窖,受到周远芳一家人的称赞。三天后,石可贵向周远芳正式示爱,确定双方的恋爱关系。

其实,到了他独立盖菜窖,周远芳已生出了爱意。不过,周远芳说:我知道你的意思,但我的事儿,我娘做主。

他说:丈母娘看女婿,越看越喜欢,是不是?

她说:太能吃,也发愁。我们全家,粮食定量合起来,也供不起你的肚子。

他说:我吃的时候,是积极响应你爸你妈的号召的呀。

第二个对象叫刘娟。她身体单薄,所以,高中毕业后,父亲要求把她分配到同一个连队。她还有个弟弟,念初中。同一个模式:力气和饭票交换。但不同的是,他要她休息,看他干活。表演挥舞坎土曼、铁锹或镰刀,不同的活儿使唤不同的工具。她羡慕,劳动工具到了他手里,动作那么优美那么轻松,团部毛泽东思想宣传队的节目,很可能汲取了他的劳动情境。

有一天,刘娟邀请他去她家吃晚饭。宰了一只母鸡。石可贵吸取了第一次失败的教训,预先就给自己定了个基调:注意吃相。他还打算到时候模仿饱的样子。

当刘娟的父亲给他的杯里斟酒,他只是咪一口。刘娟的母亲说:上海人真文雅。刘娟的父亲是个老兵,好像终于有了个酒伴,说:这可不像你,来,干。

石可贵像是征求意见,看看刘娟,瞅瞅其母,他怀疑这是一种考查。

刘娟说:我娘在烧葱烤鲫鱼,你来看一看正不正宗。

进了门前高粱秆棚,他还没对锅里的鱼发表看法(当然是认可),刘娟说:猪鼻子插大葱,装什么象,你要陪好我爹这顿酒。

他说:那我可敞开肚子了,我担心你娘对我的吃相有意见。

刘娟说:我们家,我爹说了算。

石可贵没料到刘娟的父亲酒量那么好。他感觉肚子空前的充实,他甚至打了个饱嗝,那是酒足饭饱的标志。不过,他立即用手掩住嘴。

刘娟笑了。

其父是分管后勤的副连长。据说,战争年代一直当"伙头军"——炊事班班长。他问:今后有什么打算?

石可贵疑惑地瞧瞧刘娟的表情。

刘娟喷出一个笑,说:我爹问你,有什么理想?

石可贵脱口说:当炊事员。

刘娟说:你就这一点出息?

刘副连长说:怎么没出息?民以食为天嘛,我就干过炊事员。

有酒垫底,石可贵口无遮拦,说:当炊事员有一条特别好,管饱肚子。

母女俩笑得弯了腰。

刘副连长拍了一下桌子,像拍板,说:革命队伍,分工不同。

不出半个月,石可贵从大田调入了食堂,理由是连队有许多上海青年,要照顾到"南方"的口味。其实,石可贵只会吃,不会烧,私下里他开始搜集"南方"的菜谱。

石可贵探刘娟的底:为什么你爹能认可我?

刘娟引用其母的话:上海人肚子里做文章,猜不透,石可贵不一样,性格直爽,一顿饭就能看出一个人。又引用其父的话:能吃,能干,干一行,爱一行,可贵。

沙漠之夜

上海青年郑传音和老伴坐在上海二十多平方米的寓所里,仿佛从新疆沙漠边缘的农场带回一头冬雪,却融化不了。郑传音说:要不是当了农场的邮递员,我和老伴怎么会走到一起?

小时候,郑传音在上海的一所小学念书,单是作文,从小学到初中,就写过好多篇《我的理想》。他换了好多个理想,那些理想就像上海的广场节日庆典放气球,也似进了新疆看农场职工的孩子放信鸽。可是,他从没想过当"邮差"。

1964年,郑传音乘着西去的列车到了新疆,在农场的连队待了半年。有一天,他接到团部的调令,到团部邮政局报到。他心里不乐意。

当时,团部邮政局张局长既是"官"也是"兵"。张局长在战争年代干过通讯员。后来郑传音听说,垦荒时期,师部派他到荒原建一个邮政局,他离开家十多天,想给妻子捎封信,身为首任邮政局局长,却寄不出家书。

张局长看中郑传音,其实是对他的名字产生了兴趣。曾经物色过三个上海青年,都没选中。上海青年的花名册里,张局长的目光停留在"郑传音"上。信,不就是传家音吗?

张局长了解到郑传音的反应,说:思想不开窍,事情也干不好。

郑传音到邮政局报到,还没好意思就座,张局长说:跟我来。

团部办公房前边有一条宽阔的土路,房和路形成"T"形,邮政局在"T"字母的一竖下端的路边。郑传音以为张局长带他去团部办理调动手续,却走进了走廊东首的一间办公室:团部广播站播音室。郑传音想到在连队的喇叭里听到的声音就是从这里发出来的呀。难道根据他的情绪要给他换个岗位?

张局长说:小赵,昨天我选的那个唱片,现在放给我们听一听。

扎着两个羊角辫的小赵说:你还没听够呀。

张局长要郑传音坐在唱机旁边,好像端上一盘菜一样。

郑传音第一次听那首歌曲。听完,他的目光还在唱机上。

张局长问:好不好听?

郑传音说:很好听。

张局长问:这支歌叫啥名字?

郑传音已看见唱片上的歌曲名字,说:《草原之夜》。

张局长说:这是中央新闻纪录片厂导演跟我们自己的作曲家合作的,歌曲很美,现实很苦,当年垦荒者,睡露天,其中有我的战友,是同一个村庄一起出来参军的伙伴,他也在那里垦荒,说是绿色原野,其实是戈壁荒滩,跟我们农场的过去差不多。

郑传音想到,张局长在进行"革命传统"教育吧。

张局长哼起了《草原之夜》:……可惜没有邮递员来传情……

小赵笑了,说:莫合烟嗓子。

张局长说了声"谢谢小赵",转身出门。郑传音跟随他回邮政局。

邮政局就一辆自行车。以往,远的连队,打个电话,连队有人来团部办事,会顺便来取邮件:主要是信。信也很少。不过,上海青年来了,信件、邮包、电报一下子多起来了。团首长要求及时送信。

张局长说:你这个名字起得很好。你一来,信就像雪片一样来了。

郑传音说:不是我,是上海青年。哦,也包括我。

郑传音第一次下连队送信,机耕路的泡土淹过了钢圈,一路像在燃烧——车轮卷起干燥的尘土。接近连队,远远地有人喊:信来啦!信来啦!

车没刹稳,郑传音已被包围了。无数只手升起,无数个嘴张开:有我的信吗?有我的信吗?

有笑容,有失望,有呼喊,有哭泣。郑传音的出现,引起了各种各样的反应。重演了数次,他发现了她,静静地等候在圈外,似乎不敢问,不敢进——每一次都没有她的信,她关注着别人手上的信。喧闹之后,她又悄悄离开。分完了信,他发现她不在了。他也打听出她的名字。有时,他真想写一封信,冒充她在上海的家人,只是,他不知她家庭的底细,模仿家书,笔迹、语气造不出来。他仅仅知道她的家庭出身不好——成分有点高。恨不得自己变成她期盼的信。

终于有一天傍晚,郑传音分拣城里送来的信件,他眼前一亮,因为收信人那一栏,真真切切写着她的姓名,还有她所在的连队。而且,那个连队只有她一个人的信。他想象她从他手里接到信,笑容会像花一样绽开。

趁着夜色,郑传音骑着自行车前往五公里外她所在的连队。他想给她一个突然的惊喜,就忍不住唱《草原之夜》。"可惜没有邮递员来传情",像唱片卡在纹路上,他重复了几次,像唱针终于跳过一样,然后,他将那句歌词的否定改为肯定。

车轮在泡土里转。车龙头一歪,连车带人,淹在泡土里,他爬起,又拍又抖。信在衣兜里。

连队的土坯房、地窝子,像一片沙丘,跟相邻的沙漠里的沙丘混为一体。大概一天的劳累,只剩下几个亮点——她那宿舍的窗户还亮着。

郑传音支起车子,整理了着装,叩了三下门,然后喊了她的名字:你的信来了。

有过送加急电报的情况,也有送团部的紧急通知,一般由连队的人去取或团部派人快马送。加急电报,一定是家中出事了。夜晚送信,恐怕家人"病危"。

先是灯光铺出门,再是她跟着光出来。不知是月光照,还是脸色,总之,她的脸色煞白——没有血色。

郑传音说:晚上闲了没事,只当是第一次看看沙漠的夜景。

血重新回流到她的脸上,害羞似的红了,如同水流进一片枯败的胡杨树林。那是一封平平常常的家书,母亲执笔,父亲口述。后来,郑传音和她恋爱,结婚。她告诉他,父亲过去写得一手好字,只是1957年被打成"右派"后,一拿起笔,手就颤抖。

误　会

上海青年陈敬麦进疆第三年,就被提拔为副连长,分管后勤。指导员说他对土地有感情——尊敬麦子。时值1965年仲夏,靠近沙漠,白天,像个大蒸笼,晚上,十分凉爽,得盖棉被。

白天,连队的瓜地第一次卸瓜。哈密瓜第一批成熟,他已经熟悉瓜中事(在上海,外婆说过:神仙难断瓜中事,那指的是西瓜),拍一拍,就知道熟没熟。摘了两百多个,每一个职工够分一个。双干户(已婚)分大的,单干户(单身)分小的,分完,天色已暗。汗水已收回,他随便扒了饭,冲了澡,倒头就睡。累了。

办公室兼宿舍,还弥漫着哈密瓜香甜的气味。不知过了多久,他被一种声音惊醒了。仿佛一个瓜,不慎失手,闪电般脆脆地裂开。

是争吵的声音,一男一女,男的嗓门高,女的声音低。声音来自连队前边的林带。办公室和林带之间隔着一个篮球场。两个篮板,高高地遥遥相望。

那道林带,像绿色屏障,沙枣树、钻天杨和柳树交替成行,枝叶繁茂,树干密集。连队职工戏称那是恋爱约会的地方。上海青年来到连队,那些年轻的老职工趁男的上海青年还没反应过来,就抢先向女的上海青年"发起进攻"。

月光勾勒出林带上边的曲线,仿佛林带镶了一条银色的光边,又似一个丰满的女性平躺着。陈敬麦看见靠渠边的柳树背后两个朦胧的身影,似乎用手势辅助发话,那是男的。如果不动,会把他俩看成有枝杈的树干。

夜里,陈敬麦习惯了聆听林带里传来的鸟叫,像是临睡前相互问候。但林中有人,鸟儿就会让开。他靠鸟儿的叫声判断林中有没有人。现在,他说:谁?深更半夜,把鸟都吓飞了。

手势和争辩顿时停下来。男的是吴成林,女的是胡玉兰。曾经,吴成林完成自己的劳动定额,去帮胡玉兰,拔稻田杂草,清渠道淤泥。他还声称:不让土地改变胡玉兰的好身材。白天,陈敬麦还叫他俩一起卸瓜,主要是给他俩创造相处的机会,而且,吴成林懂瓜识瓜,他一摸瓜蒂就知道瓜是不是成熟了。

林带边的渠边,还留着一块一块瓜皮,有的肯定顺水漂走了。

陈敬麦说:要使广大人民群众都知道……都知道你们在谈恋爱吗?

胡玉兰用上海话,说:敬麦,辰光这么夜了,我要回去困觉,伊不要我走。

吴成林委屈地说:陈副连长,我只是动口,没动手,我碰也不敢碰她,你们都是上海人,但你可要相信我,我没碰过她。

陈敬麦佩服吴成林白天卸瓜的时候,触摸瓜蒂的动作,一拧瓜蒂,把瓜往垄沟里一掀,说:熟了。

陈敬麦说:白天卸瓜、运瓜,那么辛苦,你为什么不让胡玉兰回宿舍?有什么话,可以明天再说嘛。

吴成林拍一下树干,说:她又不是瓜,我……我没碰过她,我弄不懂,她为什么要去控告我?控告?!

胡玉兰不响,只是轻轻地笑出了声,似乎憋不住。

陈敬麦也笑起来,说:吴成林呀吴成林,你听错了。胡玉兰不是要控告你,是时间太晚,她要回去睡觉了。我翻译给你听,上海话里的困觉,就是普通话睡觉的意思,不是控告,而是睡觉,看把你吓的,现在你听明白了吗?

吴成林说:我一听控告,就急了。哦?睡觉,我可没挡着不让她睡觉。

胡玉兰说:拎不清。

枝叶筛漏的斑斑点点的月光,罩着吴成林一脸的喜悦和疑惑。

陈敬麦说:吴成林,你这脾气,像火药捻子,可不能还没弄清就爆炸。今后,你要虚心向胡玉兰学习上海话,不会说没关系,但要能听懂。不然。两个人相处,会闹出不必要的笑话,是哦?

吴成林说:保证谦虚谨慎,戒骄戒躁……向她学习。

胡玉兰说:怎么学起指导员的腔调了?

陈敬麦嚼字咬音,说:上海话里,胡吴不分,好了好了,消除误会,回去休息。

吴成林抬高嗓门,说:这个……不分好,最好不分。

胡玉兰提醒:又开始广播了。

渠里的流水,像突然发出响声。不远的那段林带传来几声麻雀叫。篮球场均匀地铺着亮亮的月光。

一首没唱完的歌

上海青年刘诗齐到我们连队蹲点。那年盛夏,奇热。我们连队在绿洲的最前沿,紧挨着塔克拉玛干沙漠。营部宣传干事刘诗齐跟我们一样,都是上海支边青年。我羡慕,她这么快就被提拔,脱离了垦荒第一线。可是,我觉得她不适合当宣传干事,她文文静静,话不多,做起事来慢条斯理,好像有什么心事儿,迟迟疑疑的样子。她来连队了解上海青年的思想状况。

刘干事的穿着也像第一代军垦战士,旧军装已洗白了,特别显眼的是跑鞋,似乎她的大脚拇指好奇,探出了张了嘴的鞋头。指导员是战争年代过来的老兵。他赞赏刘干事,还要我们这些上海伢子向她学习,保持艰苦朴素的革命本色,还说她像个革命的样子。

我们上海知青跟她疏远了。我是连队的团支书,就建议趁短暂的农闲时节,开展一些娱乐活动,调节一下大家的情绪,还能促进劳动的热情。连队的生活实在枯燥。索性组织一次营属连队的业余表演比赛。很多上海知青有文艺细胞。

刘干事向营教导员汇报,营里还拨了款,购乐器。当然,我们近水楼台先得月——多沾了光。

连队里一下子活跃起来,每天夜里,都像过传统节日,锣鼓喧天、琴声悠扬。我坐在煤油灯前编节目,还交给刘干事过目。她问需要参加演出的人数。我说三十几个吧。她皱了眉头,嫌人数多了。我说《丰收之歌》,载歌载舞,要表现喜获丰收,每个演员戴草帽、拿镰刀,得有阵势。

她说:还是着手考虑短小精的节目吧,最好是着眼垦荒,我们第一次经历过的垦荒,还没到丰收呢。

我心里嘀咕她不懂文艺,文艺表现的是人们向往的东西。我说:我们不会影响地里的活儿。

她说:你比我懂文艺,不过,我比你懂连队,还是排演几个反映垦荒生活的节目,又短又小又精,形式要群众化。

我们这批上海知青,来疆前都能唱会跳,总想在农场展示"大上海"的气派。不过刘干事是表演比赛评比组组长,她的态度就是评比标准。

不得不把业余演出队的人数削减。剩下的八个人,模仿着刚来农场时观看的老职工欢迎我们的节目,其特点:一是放开嗓子吼,二是现编现演快。我称其为吃柳条拉筐子——现编。我即兴编了个群口词:《挥舞坎土曼》。四人表演,甚至,激动得忘了词,做出张嘴的样子却发不出声,我临时发挥补词,反倒逗乐了观众,热烈的掌声像风刮胡杨林。

演出结束,我探听评比结果。刘干事说:这就是连队职工喜闻乐见的节目。我还是惦念评比的事儿,刘干事却带领所有参加演出的人员,开始到各连队巡回演出,预先,并没有这个程序。

观看的对象,甚至有看瓜的、放羊的、守油库的、管水闸的、种菜的、护林的。有一个放羊的老职工,只是长得老相——沙漠的风沙塑造了他。他常常进沙漠放羊,我们以为他是哑巴。一个人一群羊。演完了,他进地窝子抱出两个西瓜,剖开,竟结结巴巴地说:当年,我垦荒就是你们演的那样。

巡回演出结束,刘干事似乎忘了评比的事儿。那天夜晚,天空很辽阔,月亮很明净,远远近近都是水声。稻田在灌水。沙漠粗野的风,越过防沙林,到了连队的稻田,也温柔起来。

我看见连队驻地旁边的渠边蹲着一个人影,有洗衣的声音。同时,传来歌声《在那遥远的地方》。农场里已不再唱这首歌。她大概感觉到有人,就停住哼歌。我走过去,说:我影响了你唱歌,这首歌多美。她说:我唱歌了吗?!

那以后,我再没听见她唱歌(那是禁歌)。当时,她说:农场要举行一次连队文艺会演,所以营里的演出比赛就不评比了。

我听说,整个农场的二十多个连队都很重视会演,进入紧张的排练。我们连队还是选送了最受职工欢迎的《挥舞坎土曼》。

没料到,全营六个连队选送的节目"全军覆没"——没一个节目获奖。营教导员、营长都很没面子,责怪刘干事,说:你怎么抓的,丢了我们营的脸!

刘干事蹲点时间已到。我谈了想法:没捞到一个奖,跟节目大小有关,其他连队的节目,有阵势有气派,我们要是演《丰收之歌》,场面就热闹了。

她也总结了教训,说:营里的文艺巡演,是送给下边职工看的,团里的文艺会演,其实是演给领导看的,过后,我想到了这一点。

不久,刘诗齐主动请调(她认识到自己不适合当宣传干事),调到营职工子弟学校,当了小学的语文教师。我抽调到营部,顶替她的位子。

学校在营部旁边。有一次,我到学校拜访她,说:我占了你的位子。她微笑着说:我适合现在的岗位。

我终于没提起月夜的渠边,那首她没唱完的歌曲。

一片朝霞

上海青年雷朝霞知道"两性关系"这个词组,不过十五岁。1964年冬,她从上海来到新疆这个农场,她穿着军便装,还是掩盖不住她的稚嫩,加之她个子矮,初中毕业还没充分发育。她没跟同一批上海知青下连队,团部组织了"社会主义教育运动"工作队,她写一手好字,工作队的队长刘成文点她为工作队队员,具体为记录员。

雷朝霞说起话来还脸红,像朝霞。刘队长说:小不点,你不要用嘴,带上耳朵只用手,记,人家怎么讲你就怎么记。

雷朝霞心中有了底。第一天起,她就练字,练得能跟上说的速度。不过,她对"社教"的意义仍懵懂。"社教"也叫"四清运动"。蹲点若干个连队。她看出,"教"实际上落实在"清"上边,就是清理、清查那些"四不清"的干部,然后,在团部审查。所以,雷朝霞就"坐镇"在团部部队专门的办公室里,墙上有她写的八个仿宋体大字:坦白从宽,抗拒从严。

有个连队的司务长被职工举报为"四不清"对象,司务长来队里交代问题。他向坐在记录桌前的雷朝霞点点头,猴猴腰。雷朝霞差一点要起身回礼,毕竟对方是有资历的老同志,是长辈。

刘队长瞥了她一眼,稳住了她,显然在提醒她:你面前即将坦白交代的是"四不清"对象。

雷朝霞的脸一热,像东方太阳升起的那片天空,她振作了下身子,模仿刘队长一本正经的样子,那叫严肃。

刘队长开始启发、引导,交代了政策。

雷朝霞几乎是同步记录。

司务长开始交代。比如,给谁谁八斤饭票,给谁谁谁半公斤砂糖。

刘队长提醒司务长:不要光捡芝麻,丢了西瓜。

司务长数落自己利用职务之便,多吃多占,往家里拿过半条猪腿,还有一只鸡,还有数枚鸡蛋。他像竹筒倒豆子,什么时间,什么东西,一个劲儿地往外倒。

刘队长做个暂停的手势(他当过乒乓球裁判),说:你避重就轻,要我们点出,你就被动了,性质就变了。

雷朝霞佩服地望一眼刘队长,又看一眼司务长——一副惨淡而可怜的模样。

司务长说出了一个女性名字,说:我跟她有两性关系。

雷朝霞的笔迟疑了。她首次听见"两性关系",一时拿不准"两性"这两个字,有音,但形怎么书写?后边的话已跑到前头了,情急之下,她用"良心"二字代替。

司务长在笔录上签了名字。

晚饭后,刘队长翻阅"口供"记录,准备向雷朝霞口述一个处理意见。他的目光滞留在"良心"上,像夜里拿着手电筒寻物。他说:小雷同志,这"良心关系"是怎么了?

雷朝霞毕竟吸收了一些理论,解释道:那个司务长,不讲党性,不讲原则,只讲良心关系。

刘队长笑了,说:只讲良心?有这么点味道。他跟那个女人有了"两性关系",还悄悄地给她送米送肉,女人的丈夫还蒙在鼓里,也吃送来的东西。

雷朝霞以为队长在表扬她记录的忠实。回到宿舍,她跟同住的林芳大姐说了此事。林芳未婚,一直未看中合适的对象,一拖再拖,把年龄拖大了。

林芳笑得眼泪也溅了出来,说:傻妹子,性别总该懂吧?

雷朝霞说:不就是男的、女的吗?

林芳蘸了茶缸子里的水,在桌上写,说:也叫男性、女性。看样子,你还是不懂。不懂也好,不过那两个是错别字,纠正过来,两性。

第二天一早,雷朝霞见到刘队长,那脸跟日出前的天空一样,她喜悦地说:刘队长,我错了,记录上有两个关键字写错了。

刘队长说:知道错了改正就好,我们工作队的每一个队员,要懂的事情很多,我看你勤奋好学,小雷,好好锻炼吧。

雷朝霞说:刘队长,林大姐,所有工作队的人,都是我的老师,我一定虚心学习。

刘队长冲她离开的背影嘀咕:懂了?看不出懂了,只懂了字面,这个小不点,还是暂时不懂为好。

这话有一次由林芳原封不动地传给雷朝霞,甚至,林芳还惟妙惟肖地模仿出刘队长的口音。

雷朝霞说:大姐,你有丰富的文艺细胞,可当演员呢。

"四不清"对象的交代,大多跟司务长的交代模式相仿,先是物品,再是女人,物与人有着连带的关系,雷朝霞已熟悉了"两性关系"这个词组。不过,刘队长推荐她去团职工子弟学校教书。

刘队长说:运动是暂时的,现在学校空缺一个教师的位子,一个萝卜一个坑,你不去,别人就占了,教书是长期的事情。

第二年,"社教"运动结束。雷朝霞遇见林芳。林芳透露了让她离队的原因:刘队长不想让她这样的小姑娘过早接触"两性关系"这类乌七八糟的事情。

雷朝霞教小学生,像个孩子(另一种说法是童心)。她自以为懂了"两性关系",还说:大姐,亏得那天你点拨我。

林芳只是笑,说:看来,你还是不懂。刘队长做得对,保护你呀。

雷朝霞说:大姐,我说话,脸已不发热了。

林芳说:我还是喜欢看见你脸红的样子。

雷朝霞突然发现防沙林背后的晚霞,她说:大姐,我还是第一次注意到晚霞那么美,你看你看。

林芳握住她的手,说:我真羡慕你这片朝霞。

再后来——"文革"初起,她看见林芳时,林芳剃了阴阳头,在牛棚。远远地叫大姐,林芳却避开她。据说,雷朝霞调入学校后,宿舍里只住林芳——刘队长跟林芳发生了"两性关系"。雷朝霞简直不敢相信,她心中的两座塑像倒塌了。词组和事情对上了号。

常没有

上海青年郑兴还记得,1964年9月30日,常连长在欢迎会上的讲话。

常连长说:现在上海支边青年排成立了,我是你们的连长,1947年的山东子弟兵,打过多少仗,我不提了,我当过营长(他做了往下拉的动作),可是,越当越小(他伸出小拇指),我的脾气不好,曾经把同级的政治干部关了禁闭。

郑兴和同来的上海青年面面相觑,吐吐舌头,不敢笑出声。

常连长说:你们实行三年供给制,第一年每日三块津贴,第二年五块,第三年八块,三年内不允许谈对象,还有什么,可以向我反映。

按照团部的统一安排,起初的一个月,半天学习,半天劳动,餐餐吃白面馍。白面馍就是麦面馍,为细粮。一天,常连长来上海青年的宿舍查看生活情况。

郑兴说:我反映个情况,伙房偏心,给老职工吃鸡蛋糕,给我们吃白面馍。

常连长说:没有偏心,这可是团部特批照顾你们呀!老职工可没有享受蛋糕,你说的蛋糕,是粗粮。

郑兴说:我们跟他们换一换吃。

常连长说:没有吃过,换换口味也好。

第一顿,还新鲜,其实那是苞谷面发糕,吃多了刮嗓子。等到重新怀念白面馍,常连长说:没有了。他说:粗粮耐得住消化。

常连长的话里,总是带上"没有"。背地里,上海青年流传起一个绰号:常没有。

偶然一次,常连长听到了,没有生气,却说:眼下常没有,就是靠我们的双手,创造常常有,这里过去不是没有绿洲吗?

上海青年和老职工同样上工、收工,而上海青年争强好胜,你追我赶,劳动干劲大,消化能力强。郑兴的肚子,仿佛食物刚进去就被消磨掉了——肚子转空磨。他到食堂打饭,总是抢在前头。一个苞谷馍,一份炒白菜,装进肚子,他还不甘心,筷子敲碗,像奏乐迎接什么——争取再添些。

常连长照常出现在打饭的窗口,说:没有,你的定量已打过了。

晚上,郑兴饿得睡不着。他为了缓解饥饿,喝凉水,可是,一泡尿憋醒了他,一旦排泄出,肚子又空了。他不顾面子,向同来的女性求援,当然,他以帮姑娘干活作为回报。他的眼里,世界上的东西,分为两类:可吃的,不可吃的。他嘴上时常挂着口头禅:苍蝇蚊子都是肉。

那年,春耕春播——一年之计在于春,刘团长来连队看望上海支边青年。

常连长前来上海青年的宿舍提前打招呼。他强调各班要管好每个青年的嘴,不论团长问什么,都要答好。他还对郑兴说:我给你打个预防针,刘团长不会认为你没有长个嘴。

刘团长是常连长的老首长,撤他的营长,还是刘团长的命令——常连长表示过心服口服;而且,体现在行动中。可是,郑兴是个普通职工,他咬咬嘴唇,嘀咕:我没有帽子,还能把我从地上降到地下?

常连长说:不要以为我拿你没有办法,没有管好嘴,我要狠狠地刮你胡子。

郑兴说:常连长,我也希望有你一样的胡子,多刮刮,胡子就茂盛。

据说,常连长的儿子最害怕常连长的胡子,一亲,儿子就又哭又叫地挣扎。

常连长再次出现,陪同着刘团长。一个班一个班的宿舍看望。到了郑兴这个班的宿舍,团长问起习不习惯这里的生活,具体到穿的衣服,盖的被子。似乎大家已自动推选出代表——郑兴,简洁回答了要么有,要么好。

常连长捋了捋胡子,那标志着他满意郑兴的回答。郑兴由那个动作联想到成熟的麦田,他曾望着金色的麦浪,张开手抚着密密实实的麦穗,麦芒刺痒了手心。很惬意。

刘团长问:伙食好不好?能不能吃饱?

估计其他宿舍,都按照常连长定的调子:好和饱。不过,郑兴脱口说:吃不饱,常没有吃饱,有几次还饿得睡不着觉。

常连长从刘团长一侧瞪了郑兴一眼。刘团长转过脸说:我听说,你得了个外号"常没有",是褒义还是贬义?是不是常常没有叫上海青年吃饱?

常连长对着郑兴说:你这个娃娃怎么乱开口?

刘团长说:这些娃娃从大上海来到大沙漠,正是长身体的年龄,吃不饱怎么行呀?我叫团里调拨一批粮食,一定要填饱肚子,一时没有,还能说得过去,老是没有,就说不过去了。当年在延安,南泥湾大生产,不就是从一穷二白到丰衣足食了吗?

郑兴带头鼓掌。手也拍红了。第二天,常连长派郑兴押着四匹马拉的胶轮车,上团部装粮食。傍晚,卸麻袋,常连长也来扛,说:你把客气当福气了。

郑兴说:连长,一说到吃,我就控制不住嘴。

常连长说:什么叫内外有别?记住,一个连队要维护集体的荣誉。

郑兴说:我知道……可是,要了面子,饿了肚子。你不是说过,人是铁,饭是钢吗?

常连长说:管好自己的嘴这句话你咋没有记住?我刚参军那会儿,也是你这副脾气,祸从口出,吃了不少苦头。当然,你这张嘴没有……倒是为连队争取来了粮食,你可不要辜负了团首长对你们的关怀。

粮食入库,郑兴还等待着常连长来"刮胡子",他甚至摸了摸下巴(嘴上没毛,办事不牢)。常连长捋了一下胡茬,说:上我家,开小灶。你这个娃娃,明天起,当上司,管伙食,我要叫你尝尝巧妇难为无米之炊的滋味,到时候,你可不要真(郑)没有。郑兴说:常连长,对不起,是我给你起的绰号。常连长说:我早知道了,常没有也不行,是不是?能哄得了嘴巴,哄不住肚子。

刘志坚的逻辑

上海青年刘志坚无师自通，有一天，他突然讲起了逻辑。那之前，也没有见他阅读有关逻辑的书籍，甚至，他讲话也缺乏逻辑。不过，像牙牙学语的小孩，脱口说话一样，这很可能是与女人有关。比如，他听说另一个上海青年睡了一个职工的女儿，而且，他看见那个职工的女儿，一天一天，肚子隆起，就像蒸笼里的麦面馒头，他就来了个环环紧扣的三段论：

听到敲钟声，才能去打饭，所以肚子饿了要等待钟声敲响。

他是把农场流行的俗语套过来，未婚先孕，俗语如是表述：先端饭碗，后敲钟。

可见刘志坚的恋爱、婚姻的观念，既传统又健康。但是，无论恋爱，还是婚姻，都是男女双方的事情。刘志坚似乎开始想女人了——他还挂着空挡。

刘志坚还讲究卫生。男宿舍，都很乱，不过，乱中有序，他那张床，像部队战士的一样，整理得简洁、整齐，被子叠得如刀切的豆腐块，唯一的床头柜——是个皮革箱,上边一尘不染。更主要的是,他对待拖拉机——东方红-54,履带式——的态度一天下来,他总是把拖拉机开到渠边,拿着抹布、水桶,洗刷保养,洗得那台拖拉机,像日出一样鲜红。

刘志坚的师傅不在当面,而是背后感慨:要是哪个女人嫁给他,真算有福气了。

刘志坚洗车,不让师傅辛苦,他喜欢一个人洗。他平时话不多,只干不说,洗车的时候,他边洗边说,跟"东方红"有说不完的话。有人发现了,说他跟"东方红"在恋爱,爱上了铁家伙。

热心人就给他介绍对象,可是,他都回绝了。也看不出他对哪个女人有好感——他什么都藏而不露,连师傅也吃不透他。当人们说起刘志坚,自然而然地会运用刘志坚式的逻辑。有人说:生理没毛病的男人会爱女人,刘志坚的生理,是不是有毛病?否则,他不会那么热爱"东方红"。

刘志坚偶尔吐露(针对他人的好奇)恋爱的态度:爱是个人的事情,个人的事情用不着公开,所以,嘴长在别人脸上,怎么说跟我无关。

刘志坚的生活很有逻辑,再苦再累,他也要洗净拖拉机在田野里蒙上的沙土,还原出车身鲜红的本色。

有一天,无风,炎热。太阳挂在西边,似乎赖着不肯下去。"东方红"仿佛也热出汗来。刘志坚擦洗车,弄得自己满身油污。夕阳映出他脸上的汗珠闪闪发亮,还映着"东方红"的红光。他望着没完没了流淌的含沙的渠水,四下里望了望,脱了个一丝不挂。

后来,有人评说,他给"东方红"洗澡后生出了自己洗澡的念头,缺乏理性的逻辑。平时,他都回宿舍洗——一桶凉水从头浇下去,再打肥皂,像个泡沫人,然后,用葫芦瓢,一瓢一瓢浇。可他身上还有机油的气味。

  农场渠道里的水,来自遥远的雪山。那条运水渠,很宽很深,水的表皮吸收了阳光的热量,可是,下边仍携带着雪刺骨的寒冷。这样的水,在渠堤上热热的身体,猛地侵入冷冷的雪水,容易抽筋。找到他的尸体,已半夜,他的身体卡在渠里的闸门底下,那水下的闸门,像一张嘴,牢牢地咬住了他。还是凭渠边那台"东方红"的线索,以及驾驶室里的一堆叠放着的衣裤(有油垢的衣物也叠得整整齐齐,似乎随时来穿)。连队的职工打着手电筒,举着马灯,师傅赶来,开了"东方红"车头的两盏灯,对着渠水探照。

  坟墓安在沙漠的边缘。来连队接受再教育不久的农场的高中毕业生也来参加葬礼。指导员趁机教育,说:扎根农场,要有一颗火红的心,刘志坚同志不远万里,从上海来到边疆,他有一颗火红的心,他以实际行动表现出了他扎根一辈子的决心。

  有个姑娘突然哭起来,他是刘志坚师傅的女儿,也是被分配到连队的高中毕业生。这种哭泣,不一般,起码,表明了她与刘志坚的关系。可能刘志坚迟钝,生前没来得及感觉到吧。何况,连里规定:接受再教育,前三年不准谈恋爱。

  有些老职工替刘志坚惋惜:他还没来得及尝女人的滋味。那个先搞大女方肚子的上海男青年已结婚,他说:这个刘志坚,晾着这么好的姑娘,却热爱"东方红",应当先端饭碗后敲钟。

  师傅总算知道自己的女儿暗恋着自己的徒弟。

同一批上海青年,替刘志坚争取"因公死亡"——那样,就可以被追认为烈士。不过,经团营连三级领导研究,最终认定刘志坚为"非因公死亡"。

指导员代表团部宣布结论,他来了个三段论:因公死亡是为公家的事而死,洗澡属于私人的事情,所以,刘志坚之死属于"非因公死亡"。

也有上海青年继续争取,运用刘志坚的逻辑,说明了洗车和洗人的必然因果逻辑关系。

指导员耐心解释:从我个人的情感和刘志坚的表现,我都想让刘志坚同志之死,被列入"因公死亡"。可是,他进渠里洗澡,已越过"公"进入"私"的范畴了,我个人不能擅自推翻组织的决定。

唯一的变化,是"东方红",不再红得那么鲜艳。不过,望见它,还是有人想起刘志坚,想起刘志坚,就会想到"东方红"。甚至,有人哼起了歌:东方红,太阳升。但不往后边唱,到此为止。

刘志坚的师傅也像衰老了许多。他没了笑脸,没了声音。"东方红"在田野里吼叫。

哄肚子

上海青年李春林进疆的第一个冬天（他于1963年进疆），他的肚子像安了个磨盘，特别容易饿，定量的饭票上半个月就吃光了。下半个月，他到同一批上海女青年那里借，借了也还不出。一顿饭过了不到一个小时就消化完了，他基本处在半饥饿状态，眼睛、鼻子特别敏锐，就是想弄些东西填充肚子的"空"。

甚至，半夜饿醒。他本来就嗜睡，可是，饥饿能把瞌睡掀翻。不得已，他喝一搪瓷缸子水，肚子如同皮囊，咣当咣当水响。一会儿，又叫尿憋醒，一泡尿，尿得肚子又"空"了。他们称此为哄肚子，除了一日三餐的正餐，其余时间，随时随地物色吃的东西，统称为哄肚子。

毕竟接近冬天的尽头——说是开春，林带的树还赤条条的，没一点绿意，大地也冻结着。时值青黄不接，菜窖里的大白菜、萝卜已抽出嫩芽，再过几天，连这也断档了。

李春林想到连队的大菜窖。漆黑的夜色里，他发出倡议：弄些洋芋来吃。

没料到,寝室里纷纷响应。还设想马铃薯的吃法。

李春林说:你们也没睡着呀?还没弄到,就商量怎么吃,不要颠倒了。

大家兴奋起来。巧妇难为无米之炊,先把食物弄来。做了大致分工,两人放哨,三人下窖。还带了柳条筐子。

大菜窖集中了菜地的各类蔬菜,一个连队两百多号职工和小孩已吃了一冬。菜窖其实是一个大地窝子,木板门上有一个大锁。

李春林揭开窖顶的天窗(兼通风的功能),先把筐子丢下去。筐子落地,发出空寂的响。接着,他像电影里下地道一样,天窗刚好容身体通过,他松手,料不到那么深,好像坠落的过程很漫长,终于着地,他顺势打了个滚。头顶的天窗忽然亮了一般,是一方发蓝的夜空。他让开,说:跳。

三人在黑暗里摸索,张开双臂,像瞎子摸象。随时,手碰了手。窖里的格局渐渐地显出模糊的影子。离地面不高,是一排木头钉起的架子。

李春林终于想到携带的手电筒。打开手电筒的一刹那,似乎换了个角色——捉贼,他开了个玩笑:不许动,举起手。

光柱在架子上扫。有的架子已空了。弥漫着潮霉的气息,仿佛那些发出的嫩芽,向往着阳光和春天。紧接着光柱停留在一堆架起的马铃薯上。

天窗拖下一根绳子。李春林把装满马铃薯的筐系上绳子,朝上喊:好了,拉。

筐子徐徐升上去,好像升入夜空一样。筐子消失,天窗出现一张脸,传下来疑问:用啥装?

李春林说:裤子,扎起裤脚管。

空筐子迅疾地掉下来。李春林的脑子盘算着享用的数量和时间——起码哄半个月的肚子。他听见脚步踩菜窖顶的沉闷的响声,似乎以来回走动抵挡寒冷。天窗的边沿还残留着细细的冰柱和霜花。

第三筐了,李春林朝上喊:拉,拉呀。

窗口出现一张脸,说:还不够呀?好上来了。

李春林一听,声音不对头。粗犷的喉音。他关掉手电筒,低声说:瓮中捉鳖。

后来,两个在窖顶负责放哨兼起筐的上海青年说,他俩正往上收筐子,一道亮光直射过来,就像舞台样板戏——造型,他俩顿时僵住了。原来,刘连长值班,发现菜窖上有人影。刘连长示意他俩靠边,自己拉起筐子,又下放筐子。菜窖有两米高。下来的时候没想过怎么上去,当然,那一根麻绳承受不住身体的重量。

天窗外,刘连长指挥两个放哨的上海青年去取梯子——公家的物品都装在连长的脑袋里。梯子慢慢地从天窗上放下来。

三个人像俘虏一样爬上梯子。立刻耷拉着脑袋。

刘连长说:你们知不知道,这些土豆要干啥?

李春林说:我们想哄哄肚子。

刘连长说:你们哄了肚子,连里拿什么哄土地?

李春林降低声音,嘀咕:暂时哄一哄肚子。

刘连长笑了,说:土豆发芽了,就有毒,哄了肚子,要了性命,咋办?

李春林说:是我出的馊主意,连长,你刮我的胡子吧!

刘连长说:你的胡子呢？你们从繁华的大上海,来到荒凉的戈壁滩,我没稳住你们的肚子,我这个当连长的有责任,可是总不能吃种子吧？

李春林说:不知道这些洋芋是种子。

刘连长说:这件事,到此为止。现在,我们把土豆种子放回去,今年,我们连多种些土豆,哄得你们的肚子高兴,好不好？

第二天晚饭,刘连长邀请他们五个,其妻烤了一大盆马铃薯(自家菜窖的存货),还做了羊肉拉条子,仿佛是提前召开了小范围的春耕春播动员会。刘连长说:一顿饭只能哄一次肚子,但是一年之计在于春,哄了肚子,拿啥来哄土地？我跟食堂打了招呼,春耕春播期间,想方设法改善伙食。

李春林惭愧昨晚的行动,他代表五人再次认错。

刘连长说:看看,我说过算了算了,你又提起了,我看你的名字该起个冬林。冬天过去了,现在要关心春天。

其妻去门前的高粱秆棚(灶间)烧汤,刘连长神秘兮兮地说起他哄"上边"的事情——三年困难时期的第一年,虚报产量,上缴了粮食,造成口粮紧张,团长刮他的胡子(批评)。

刘连长说:团里为什么刮我的胡子？一句话,你这是鸡巴打肚皮——自己哄自己。

甜菜是怎么种成的

上海青年王甜接到通知,派他参加师部举办的甜菜种植培训班。是团里点名,还是连队推荐?他也没弄清。大概他的名字里有一个"甜"字,于是人和菜就有了关联吧?

王甜很高兴,因为,他喜欢"甜",自小他就喜欢吃糖,他的牙齿像残墙断壁一样,是吃了过多的糖的结果。甜菜,根含有糖分,是制糖的主要原料。农场叫它糖萝卜。他还查了字典,说出了别人不知道的名字:菾菜。

到团部报到,王甜获悉,一个营选派一个人(生产股股长是山东籍,将"营"和"人"说成同个音),共三人,不知为何,另两个营的两个人去不了了。

股长开了介绍信,说:你一个营(人)代表我们团去参加吧。

农学院举办的甜菜种植培训班,也有上海知青。那个上海知青在做文学梦,借此机会写小说。王甜借了他带来的书《钢铁是怎样炼成的》。

起初,王甜以为是关于"炼钢"的书,认为他好高骛远,种菜却想"炼钢"。很快,王甜被书里一对恋人的故事吸引了:爱情的甜蜜。

白天上甜菜种植课,王甜的脑海里翻腾着"炼钢"——甜美的爱情。他反复看爱情的片段,嫌不过瘾。十天后,专家讲完了"种菜"的课程,他已经能复述"炼钢"的故事。其间,还参观了制糖厂的生产工艺流程。

团里要普及、推广甜菜种植,生产股牵头,让王甜给各个连队派来的代表讲课。团部招待所的中型会议室里,王甜按照培训教材——照本宣科,理论上讲得头头是道。他察觉,自己的口才竟那么好。第一天还怯场,随后的两天,他口若悬河,眼瞄教材,其实是念,却像脱稿演讲一样自然。好像,他在黑板上种植甜菜那样。

不过,王甜还是克制着,担心会脱口说"炼钢",好像要跟大家分享。他的理智占了上风,有时,他提醒自己:注意,注意。发出声,学员还以为他强调思想不要开小差(因为有学员在窃窃私语)。

三天培训结束,王甜回了连队。他发现,自己好像没有出去培训过一样,仅仅是个梦,他对同一个宿舍的上海知青讲了"炼钢"的故事,人家以为他出去恋爱了一场,他遗憾自己仅仅停留在"炼钢"的记忆范畴。

没人过问种甜菜的学问。他也没主动汇报。连里也没领导让他汇报。一切都恢复到原来的状态,上工、收工、吃饭、睡觉。他也想到记忆里的"甜"。终于,有了气氛,有了声势。来了个新连长,第一次点名(职工大会),就大谈种甜菜的好处。

王甜处在待命状态,理论该进入实践了吧?只是,连长又在一次点名上,细说了甜菜的种植方法。王甜吃不准了,仿佛新来的连长参加过另一个培训班,或许,已在实践中摸索出一套种植甜菜的经验?

甜菜还有另一种种植方法,王甜总结连长的讲话。那么,我在全团培训班所学的那一套理论"靠边站"了?他疑惑了,两套方法"打架了",却不能唱对台戏。他也吃不准,甜菜到底有多少套种植方法,连长能不知道我参加过师部权威培训班吗?

王甜自以为是团部唯一的专家,因为,他是唯一参加过师部培训班的学员。即使这样,也不能去提醒连长"甜菜是怎么种植的呀"。

一连三天,王甜期望连长来召唤。他是担心连队一旦种植甜菜,出了什么问题,团部会追究他这个"专家"的责任(你眼睁睁地看着别人把屎拉在裤裆里了?)。

而且连长显得很自信的样子:新官上任,大干一场。

王甜想,三十六计,走为上计。他申请了探亲假,第一次回沪探亲。一个月后,返回连队。他听说,他探亲期间,生产股股长陪着团长来检查甜菜种植情况,狠狠地刮了连长胡子(刮胡子意为批评)。

团长说:全团派一个人去师部学习,这个人就在你这个连队,可偏偏你这个连队把甜菜种成这个样子,你还把人家晾在一边,自搞一套,不是乱弹琴吗?

王甜暗自庆幸自己没在现场,否则,要负眼看着出错却不指出之责(股长说:你眼睁睁地看着别人拉屎在裤裆里?)。

连长跟王甜在食堂里照过面,连长板着个脸。王甜预感到自己待不长久。果然,夏天,他被调至营部职工子弟学校教书了,教的是《农业基础知识》。他向校长建议,在学农基地种甜菜,但校长认定猪吃甜菜,人吃西红柿、茄子等。他只能在课堂上种甜菜,从理论到理论,把黑板当成土地。不知怎么总是将"人"说成"营",好像是加强"一个人"的力量那样。不过,他开始实践"炼钢"里的经验了:谈恋爱。

占　领

上海青年何思奇刚到连队的时候,他最怕开会,最想睡觉。

当时流行"一不怕苦,二不怕死"的口号。还没碰上死的问题,但是,他确实"不怕苦"。比如,他第一次摘棉花。连队规定,每人每天定额为 50 斤,一朵棉花有几克?摘 1 斤棉花起码要 500 朵以上,弯一次腰摘一朵,双手摘的同时,还加嘴参与 —— 衔掉棉花上的碎叶、草屑。

有一天,何思奇创了同一批上海知青摘棉花的记录:132 斤。上工、收工,两头见月亮。浑身的骨头像要散了。特别是腰,酸得支不起。

刚吃了晚饭,何思奇的脑子已展示出自己的形象,平躺在床铺上,把弯了一天的身体横放,平平地放在床上。

可是,哨子尖厉地响了 —— 开会。在连队的饭堂兼会场。

连长是个大老粗,他喜欢讲故事,似说书人。指导员肚里有墨水,他专讲理论,像老和尚念经。

会场里,此起彼伏的呼噜声。何思奇觉得自己像个浸在别人梦里却醒着的人。他有个习惯,非得在床上睡觉。坐着或站着,他再瞌睡,也睡不着,他严格遵循着"睡"的本意,与床密切相连。

何思奇善于发现规律。开会对象的范围问题,全连有职工二百四十名,都到了,连长布置生产,指导员强调政治,针对性都很强。会场绝对不允许开小会(窃窃私语),更不用说出现呼噜声。

而四十多名上海知青参加开会。台上讲话,台下呼噜,各自为政,互不干扰,指导员和连长似乎习以为常,视而不见,仿佛是:说不说是我的事儿,听不听是你的事儿。

何思奇想:这样天天晚上开会,有什么效果?

一般熬到晚上十点,基本准时,连长一挥手,宣布:散会。

何思奇的脑袋一挨枕头,就进入了梦乡,梦里多为棉花,呼噜。

起床的哨子惊醒了他的梦。上工,他觉得有几个上海知青有本事:边走路边打瞌睡,像梦游。

每晚照例开会。何思奇睡眠不足,天天亏欠,似乎越积越多,唯有每十天轮一个的休息日,美美地睡,来个大扫除。所以,他对休息日向往。

不过,何思奇还是琢磨每晚为什么开会。他百"思"不得"奇"解,缺乏透过现象看本质的能耐。

终于,有一天,指导员(他通常不下田地)到何思奇摘棉花的棉田。连长关心他,是因为他的手灵巧,指导员关注他,是由于他的脑活络——善于思考。

何思奇直截了当地提出疑惑:睡觉也睡不够,为什么晚上还雷打不动地开会?

指导员指指自己的脑袋,说:无产阶级不去占领,资产阶级就会趁机占领。

何思奇说:难道我的脑袋潜伏着资产阶级?

指导员笑了,说:我和连长商量过,你们从繁华的上海来到荒凉的戈壁滩,脑子一定会想这想那。你说,你想过没有?

何思奇说:想过,想家了,想父母,想……现在,不想了,就想棉花,想睡觉。

指导员响亮地笑了,说:为啥会想?说明脑袋还有空隙,就像装石子的罐子,不要以为满了,还能往里灌沙子,灌了沙子就以为满了?还能往里灌水。这跟人的脑袋差不多,脑袋的空隙通过胡思乱想表现出来,所以,不叫脑子闲着。

何思奇说:台上讲,台下睡,像对牛弹琴。

指导员拍拍他的肩膀说:你仅看到表象,打呼噜了,就不在想了,要是说想,那也是梦里的想。小何,我在考虑,换一种方式,你牵个头,组织文艺节目,丰富活跃业余生活,也叫有些职工不想乱七八糟的事,主动出击,去占领。

何思奇觉得指导员的样子像发现了敌情,说:那就取消每晚开会了?

指导员点一点头,说:连长有个条件,我们是农业生产连队,不占用生产时间,革命和生产两不误。

何思奇突然想到,人的一生,有三分之一时间由睡眠占领,睡当然跟床相关。他站在棉花地里,觉得指导员和连长代表了革命和生产,他脑子里却想到了睡,问题是他,或说睡夹在中间,他嫌挤。不管怎样,还是要争取编写、排练文艺节目的时间,抓革命,促生产。

指导员给他减劳动定额,用手指点着脑袋,说:主动占领。

胡杨树上的信箱

上海青年丁亮路过果园时,太阳刚刚沉入沙漠西边的地平线,突然,冠若绿伞的胡杨树背后蹿出一条黑狗。黑狗像是从黑夜里钻出来,染了一身黑,冲着他不停狂吠。

丁亮的腿发抖。他瞅着逃跑的路。

一串银铃般的笑声响过来,仿佛花儿在笑。一个姑娘已跳到他前边,说:不许动,你一跑,黑子就把你当成猎物了。

黑子摇着尾巴,退到姑娘的身边,不叫了。

丁亮像列队一样,做出立正的姿势。

姑娘笑得像花开,说:我故意放黑子出来吓吓你,上海人就是胆子小,不过,歌你唱得好,我每天都能听见。

垦荒队来这里开荒,搭园林队的伙食。丁亮发育迟,饭票禁不住吃,一个月的饭票,半个月就消化了。他还吃不消开荒的体力活儿,垦荒队就叫他唱歌,唱歌也能换些饭票,他只顾着对付肚子。他的眼里,一座座沙丘恍若刚揭笼的苞谷面窝窝头。

两条长长的辫子搭在微微隆起的胸前,姑娘还在笑,她背后的花朵仿佛都被她笑得绽开了,雪白的梨花,粉红的桃花。

丁亮的脸一下子红了。他第一次感到,除了肚子的问题,还有什么……他说不清。她的笑,使他想起雪山融化的雪水在果园边的渠里流淌。他说:这里的花开得真好,不怕沙漠。

姑娘说:上海的歌好听。

丁亮说:这是我从上海进新疆的路上捡来的歌。

姑娘说:上海人唱的歌好听。

丁亮说:我以前不知道我有这么好的嗓子。

第二天开始,丁亮上工收工,有意经过果园前的那棵三人环抱不过来的胡杨树。晚上,垦荒队地窝子前,点上篝火,不用有人叫丁亮,他就主动朝着果园的方向,唱他喜欢的歌。《在那遥远的地方》《九九艳阳天》之类的歌曲。

星空下,篝火旁,燃烧着红柳的篝火,哧哧溜溜,时不时地爆出火星,像萤火虫。丁亮感觉,夜色背后,繁花深处,有一对好看的耳朵在聆听他的歌声,而且耳朵如花一样张开。

半夜,他饿了,就喝一壶水,肚子咣当咣当响。那水响,他听起来如笑声。

有一天,收工,走近那棵胡杨树,丁亮吓了一跳。头顶枝叶喧哗,姑娘似乎是掉下来,站在他面前。

姑娘指指叶冠,丢下一句话:树上有个信箱。

丁亮望着姑娘像一阵风,携着浓缩的夜色一般的黑子,进入映着晚霞的一片开了花的树,花像堆积起来一样,一树就是一垛。

晚饭后,趁着夜色,丁亮爬上像岗哨棚一样的胡杨树,接近树梢的一个枝杈上,有个胖胖的雀巢。想象中有鸟蛋那么大,是两个苞谷面窝窝头和一张纸包着的一沓饭票,饭票用橡皮筋扎着。

借着月光,纸上有两行工整、娟秀的钢笔字:我爹有胃病,只能支援粗粮票了,开荒辛苦,吃不饱饭咋行。丁亮想:她怎么知道我不够吃?

那以后,隔半个月,丁亮在胡杨树前遇上姑娘,黑子见了他也摇尾巴了,而且,摇得很起劲,尾巴像个把手,带动着身体,简直像个拨浪鼓。

姑娘像个邮递员(每一次团部来送邮件,丁亮常常失望),轻轻丢下一句话:胡杨树上有信。

想一想,鸟巢里的粗粮票,他的饥饿就缓解了。有一次,他做梦,梦见一对布谷鸟下蛋,下了一沓又一沓的饭票,都是细粮票。

果园里的花谢了,结出青青的小果实。垦荒队指导员叫他去。拍一下桌,手起,桌面有一沓橡皮筋扎的饭票,说:你说说,咋回事?

丁亮不够吃,打双份,露了馅。他嘀咕:怎么能随便翻我的床?!

指导员说:垦荒队搭园林队的伙食,我们的饭票盖的是垦荒队的章,你的饭票盖的是园林队刘队长的章,老实交代。还有你唱歌也有问题,咋不唱语录歌?

丁亮说:我又没偷,嘴长在我身上,唱歌解乏。

指导员说:你强词夺理,刘队长可当过侦察兵,你别耍小聪明。

第二天,姑娘来到沙漠边缘的垦荒地,黑子还冲着指导员狂吠几声。姑娘说:指导员,我爹和你曾经是战友,我给你提个意见,你只叫马儿跑得快,又不让马儿吃饱草。

指导员说:你咋知道垦荒队内部情报?丁亮是你的内线?他吃不饱还发牢骚?

姑娘说:指导员,你不调查研究,胡乱批评人,我给丁亮支援的饭票,你管得着吗?

指导员说:你和丁亮算啥关系?

姑娘说:啥关系?我喜欢听他唱歌,你说说,饿着肚子咋唱?

两天后,丁亮卷起铺盖,被调到十多公里外的一个连队,他不再唱歌了。

丁亮零零碎碎地听说:园林队刘队长也注意到家里的饭票少了(主要是粗粮票),也侦察到胡杨树上的信箱,他把空闲的鸟巢端掉。他宠爱女儿(老兵结婚迟),只对垦荒队的指导员说:能吃不能干,地里的活拿不起,唱唱歌能让树开花结果,让土地长出庄稼吗?

1982年,丁亮返沪前,他来到园林队。果园已废弃,种上了棉花。那棵粗壮的胡杨树仍旧枝繁叶茂,树旁有一座坟墓,刘队长的姓名。他知道了姑娘的名字,因为墓碑上刻有女儿为父亲立的碑。他听见树上传来鸟叫,隐约望见一个小小的鸟巢,形如倒放的苞谷面窝窝头。

泉

上海青年宋兴华是1966年,也是最后一批进新疆的上海青年。1967年,秋收季节,他画了一幅油画,惹出"裸体女人事件"。

1966年,他被分配到农场的连队,连队给上海青年盖房子,首先要打土坯。每个人都有一个场子,半亩地大。宋兴华按工序:捞泥巴,堆起来,拍得溜光圆滑,像个坟墓,然后,醒泥的时候,他用土坯模子当凳子,架起上海带来的画板,画了一幅《喜看稻菽千重浪》。

别人的土坯场躺满整整齐齐的土坯,完成了定额,走了,只剩他还在画,那堆泥巴已醒过头了。夕阳西下,童连长来巡视,说:你连一块土坯也没打呀?

宋兴华正用油画颜料涂最后几笔,他只是端详着"稻浪"。

童连长说:咋整天鼓捣没用的东西?画的稻子能吃吗?画的房子能住吗?干活要紧,房子还是要一块一块的土坯垒起来。

宋兴华没反应,他沉浸在画里。

1967年割稻子,也有定额。旁边的地块,稻子已割倒了,立起一个一个稻垛子。可是,宋兴华的地块,像个孤岛,只"啃"了一个边。他不见了,也没请假。连长派人寻找,结果,宋兴华在宿舍里,拿着一支画笔,在画布上抹油彩,仅出现一个轮廓,形体像女人。

连长认为他这是偷懒:像画过的"稻浪",得把它割倒,否则,怎么吃得上大米饭?

连队两个主要领导,连长促"生产",指导员抓"革命"。抓革命就是"大批判"——无产阶级"文化大革命"运动的风暴也吹到沙漠边缘的农场。指导员看中了宋兴华,要发挥他的一技之长,大批判要有漫画。

宋兴华画不出,说:我不是什么都能画。

指导员从场部要来了漫画的样本。宋兴华依葫芦画瓢,三下五除二,就画了一组指导员要求的漫画。

剩余的时间,宋兴华继续画自己的画。他到食堂打饭,衣服上沾着星星点点的油彩。

指导员在办公室里等候着他,说:小宋,现在"破四旧",你画一丝不挂的女人,不是乱弹琴吗?

先是职工的小孩来看,然后,小孩又引来了大人,特别是女人,看得不好意思了,纷纷传,宋兴华"下流""不要脸"。有的妇女把丈夫拽出去,数落自己的丈夫。

童连长本来就嫌宋兴华"出工不出力",他和指导员商定,要追查这幅画的事情。他还是第一次看见脱光的女人上了画。画中的女人,正用一大盆水往自己的肩上浸浇,那自在的样子,根本不顾看画人的反应——当然是资产阶级腐朽的生活作风在作怪。

当然是宋兴华的生活作风有问题。指导员要他老老实实"坦白交代"——不管地里的稻子,只顾女人的奶子(连长如是说)。

指导员追查"原型",说:哪个女人这样让你看她洗澡?

宋兴华摇头。

指导员说:没有?你咋画得出来?

宋兴华不响。

指导员开始在连队里排查。当然,画中的女人是个"黄花闺女",在上海女青年和分配来的职工的女儿里选出了几位稍微像画里那张脸的姑娘,进行个别谈话。谈得姑娘哭了,似乎真的叫人看见了裸体,受了污辱,没脸见人了。都落实不了,只得保密。指导员这么"扩大化",反倒尴尬了。

连队的所有女人,看见宋兴华,都远远地避开绕开,似乎担心他的目光会剥掉她们的着装,剥得一丝不挂。甚至,职工叮嘱上学的女儿,不要靠近宋兴华。

宋兴华一副旁若无人的样子,他似乎不在乎别人怎么看待他。

指导员不得不继续讲政策——引导他"坦白交代",并表示,替他保守秘密,不管是有意还是无意,看见了连队哪个姑娘洗澡。从画面上看,宋兴华看了很久,似乎是姑娘甘愿让他看,否则,细节怎么那么逼真?

宋兴华终于说:临摹。

指导员说:啥?摸?还摸了。

于是,宋兴华取来了箱子里的一幅画。是法国画家让·奥古斯特·多米尼克·安格尔于1856年创作的人体名画《泉》,一个全裸的少女立着，用一大瓶清水浇自己。

宋兴华仅在脸上做了改动：中国少女的脸。他遗憾地说：我从来没偷看过女人洗澡。

指导员不想把"裸体女人事件"闹大了，他在连里职工会上把名画《泉》给大家看了一下，接着，掏出火柴，当场烧掉了两幅画。

于是，男职工认为宋兴华是癞蛤蟆想吃天鹅肉，净想好事；而所有的女人都松了一口气，仿佛以为被外人偷窥过洗澡，结果，画中的女人却是个"洋妞"。不过，每个女人还是暗自跟《泉》中的少女对号入座，因为那个少女身材、相貌都那么美。还假设，要是美女到连队里"锻炼锻炼"，身材还能保持那么美吗？

1966年的淘汰母鸡

上海青年郑淑文的结婚证已找不到了,很可能是数次调动,不慎遗失。可是,女儿的出生证她仍然珍藏着,夹在一本字典里,平展展的,没有皱纹。还有一支白色的羽毛和一片枯叶。女儿生于1966年6月25日。

当时,什么都要开证明。郑淑文是连队的文教。女娃出生第三天,她已下地,到连部办了女儿的出生证。统计员老刘按团部规定,发给她一份布票和棉花票,并在备注里盖了连队的印鉴,还写上:布票、棉花票已发。

太阳从沙漠的地平线升起,在一竿子高的时候,郑淑文匆匆吃了一碗米饭(连长破例批给她一个月的细粮,32斤,因为她胃不好,喜欢吃大米)。然后搭上去团部拉尿素(日本尿素)的马车。空车,颠得很厉害,她扳住车厢板,车尾的灰尘像冒烟。机耕路上有一层浮土。她不知吸进了多少尘土。

农场场部有商店,却没有卖肉的店铺或地摊,那是"资本主义"的尾巴。郑淑文就是想吃肉，为此，也是上海青年的丈夫向连队的老职工——统计员老刘（腿有疾）学了点猎野物的技巧，自制了兽夹，放了鼠作为诱饵，想夹住狐狸或老鹰，却夹夹落空。老鹰可能识破了人类的诡计，取走了夹子上的老鼠，而狡猾的狐狸，连影子也没有。郑淑文仅是听说过狐狸，却没见过狐狸的形象。

有时郑淑文莫名其妙地闻到肉香，却发现不了气味的来源，渐渐地，她意识到，这是她想象中制造的肉——只有香味，不见实体。每逢"大会战"（突击性拔草、挖渠）和过年，各连队还得由团部统一调拨，每户按人口分发规定的肉类（以猪肉为主，计量单位为公斤），所以，也像"突击大会战"。平时，肉就相当稀罕，食堂的菜，需侧面观察碗里的水平线方能发现油珠。

而且，连队也养有猪，有奶牛，甚至，有鸡场，但不能擅自处理，必须有团部的"调令"——证明。郑淑文按照统计员老刘的提示，来到团部供销股，出示了女儿出生证，还一并附上她的结婚证和连长开的介绍信。供销股赵股长开了个证明，上有他代表团部做的批示：兹有产妇郑淑文可以在你连队的鸡场购一只处理鸡，请予接洽。

处理鸡，非病鸡，是鸡场所养的鸡，有一个新陈代谢的过程，也就是鸡饲养到一定的时间（一般为一年以上），就进入"处理"范围，连队职工称其为"淘汰鸡"。同样，每一年春节前，农场统一屠宰羊，那羊，也属于"淘汰羊"，方式是各连队的羊群，赶到团部指定的地点统一"淘汰"。鸡则是凭团部书面的证明，在鸡所在的连队就地"处理"，也有邻近的连队凭团部的证明来购。连队本身不能擅自"处理"。当然，脑子灵活的连长也掌握着"编外"鸡或羊，通常也会和指导员、副连长统一思想,统一口径,前提是连领导要集体抱成团。有分歧,就麻烦了。

郑淑文坐上拉尿素的马车(她一下被垫高了,视野开阔)返回连队,太阳已偏西。她找到连长。连长在团部的批文上签字:按团部的要求办理。她在连队的鸡圈选中了一只"富态"的母鸡,那只鸡走动的姿态,像怀孕的女人那么自豪。

郑淑文多了一个心眼,她的食指伸进鸡屁股,指尖接触到鸡蛋,蛋壳介于软和硬之间,让她对鸡蛋还是有感觉。预定的计划是,当晚清炖鸡,母鸡补营养还催奶。她难产,生女儿花了一个夜晚,像参加大会战,体力消耗大。

她忙碌起来,在门前的高粱秆棚里给母鸡搭了一个窝,棚的下端,给母鸡开了一个门,像一本书那样大,仅割了几节高粱秆。丈夫收工归来,也赞同她的做法,鸡蛋也补嘛。夫妻俩甚至想象母鸡生蛋,蛋孵出鸡的前景,不过,触及"资本主义尾巴",想象就无奈地中止,只能限于鸡蛋的范围内想象了。比如双黄蛋。

第二天一早,郑淑文惊奇地发现,鸡窝的门敞开着——门被毁了,还有撕咬的痕迹。丈夫请来师傅。统计员现场勘查,是狐狸作案。

老刘复盘了狐狸劫(没用"偷"字)鸡的情景:一只狐狸趁夜色从沙漠潜入绿洲,嗅到了鸡的气味,轻易地撬(老刘扮作狐狸的样子咬高粱秆的小门)开门(防君子不防小人呀),立刻准确地衔着鸡头,同时,用毛茸茸的尾巴温柔地拍打着鸡屁股,好像跳双人舞,鸡不惊叫,也不挣扎,乖乖地并行出了连队。郑淑文在上海观看过跳双人舞。

老刘为了证明自己描述的真实,带领郑淑文夫妻走出连队。望着老刘的身体随着脚步,向左,一倾一倾,郑淑文生出希望:老刘津津乐道,好像是带领他俩去观摩狐和鸡的舞蹈。来到绿洲和沙漠的接合部——一条防沙林带。于是,发现了一棵沙枣树下,遍布鸡毛。

郑淑文当即认出了鸡毛:就是我家的母鸡。

鸡的肉体肯定已在狐狸的腹中,而母鸡还有一部分在活着(这跟肉和香的关系是同一个道理),鸡毛轻盈地在嫩绿的草上飘游。像是欲飞,或是趋向集合,重新组合成一只母鸡的原型。羽毛有的栖在尖尖的草叶上,微微拂动。

老刘说:可能还是一只大狐,像一团火一样的火狐。

火红的火狐,雪白的母鸡。郑淑文拣拾着鸡毛,竟然在邻近的树枝上,像摘果实一样摘了一片羽毛,绿绿的叶片上,白白的羽毛特别惹眼。那一片羽毛飞到树上,仿佛受了惊吓一样。老刘所说的火狐够不着。

她把羽毛夹在一本字典里,那里已夹着女儿的出生证,还夹着一片绿叶。这些,增加了字典的厚度。

机　动

上海青年石可贵进连队的伙房当炊事员，图的就是肚儿圆。

当时，粮食供应的标准是每人每月20公斤（新疆的计量单位讲公斤），分为粗粮细粮。粗粮有稗子面粉、玉米面粉（俗称苞谷面），细粮为大米、小麦面粉（俗称白面）。粗粮占80%，细粮占20%。每月饭票90张（有31号的就领93张）。每张饭票200克（不用两）。

石可贵差不多半个月就把一个月的饭票消化掉了，他图肚子一时快活。而且，他几乎都吃粗粮，把细粮票跟姑娘们兑换，两张换三张。还是抵抗不住肚子的消化。主要是缺油水，每月的定量食用油只有200克（石可贵称那是往涝坝里放糖），难得有肉吃（那得等逢年过节或者"大会战"）。蔬菜品种相当单调，冬天，白菜、萝卜、洋芋，接近开春，都抽芽了。说是炒，其实是清水煮，漂浮的油珠需侧面观察才能发现。

病号饭，一般都由伙房做汤面条，打个鸡蛋，多放些油。石可贵不愿装病混病号饭，他不屑，认为那是小动作。何况，装病也装不像。难得感冒发烧,他也撑着(连长说这是轻伤不下火线)。他说:我要是病了,那么,全连都要起不来了。说到病,他会说:只要填饱了肚子,我就不会生病。

石可贵向往伙房,就是因为炊事员的伙食不定量——可以随便吃。

不过他进伙房的第二年,发生了两个情况。一是他当了炊事班班长。他能干,还巧干,同样的菜和饭,他做出的味道很特别,尤其是有"上海的味道"。按指导员的说法,减轻了做上海青年"思想工作"的压力。二是1966年,连里出了一项规定:炊事员也实行定量,不能多吃多占。库房里称出粮食的总定量,做馒头就在总定量里落实到一个一个馒头上。幸亏石可贵的肚子已发生了变化,毕竟不如大田劳作消耗体力大,而且,作为班长,他要以身作则。

唯一的优越条件是,揭开蒸笼盖的那一刻,馒头的香气弥漫着伙房。石可贵观察馒头蒸得暄不暄——火候,他会吸鼻子,多吸些馒头的味道,随便吸气味,不算多吃多占。有人发现,他在蒸汽的迷雾中吸鼻子,有姿势,有响声,像是一条警犬寻找作案的线索那样。

炊事班有五个人。一个专管炉子,一个专门送饭(午饭要用牛车送到大田),一个炒菜,一个揉面。有一个重要的环节,石可贵亲自把关:称来多少面,做成多少馍,打走多少馍,都有定额。连队还派有监管伙食的人(会计),进行伙食登记。

石可贵反省,那一天,脑子可能走神。新婚刚一个礼拜,可能触景生情,把馒头看成什么了。切面的刀稍微过了200克的规格,一般看不出,积少成多。那一顿,好像出笼的馒头特别大特别暄。

机 动

送出了饭,打完了饭,不剩苞谷面馒头了。通常还有几个机动馒头,因为有打"双份"的人。会计填好单子,让石可贵签字。

石可贵肚子响了,说:忙了大半天,我们还没吃呢。

库房称出的面和蒸笼蒸出的馍,对不上了。那时,无产阶级"文化大革命"运动已掀起了热潮,会计关心时事政治,紧绷着"阶级斗争"的弦,极其敏感,馒头被打上"阶级烙印"。

石可贵禁不住饿。他曾说过笑话:我要是作为"地下工作者"被捕,严刑拷打我能扛得住,要是饿我三顿,我可能松口招供。

其他三个炊事员(另一个送饭)提醒石可贵,还有四个机动馒头,而且是白面馒头。农忙的紧张时节,职工一般都吃粗粮,耐得住消化。

石可贵行使了当家的权力,他临时决定:每人一个白面馒头。

吸香气转入吃实物,麦面馍馍刚进肚子,会计就一瘸一瘸进伙房(得过小儿麻痹症),传达指导员的指示,今晚点名(职工大会的俗称),举行"斗私批修会",指定石可贵坦白交代。

下午,似乎那个白面馒头留在胃里,不敢消化,还在膨胀。石可贵想到给当副连长的老丈人造成了麻烦。

石可贵(其父是码头工人,所以其家庭成分是工人)尽量拣"高帽子"往自己的头上戴,什么思想没改造好,什么资产阶级思想在作怪,什么脑袋打了修正主义烙印。不过,他也能撑,炊事员没多吃多占,仅是苞谷面与麦子面的差别。

不知谁先领喊口号:"石可贵不老实,就砸烂他的狗头!""坚决反对搞资产阶级生活特殊化!""坚决对石可贵实行无产阶级专政!"

石可贵表态,回归到了食物:下次轮到吃白面馒头,我们炊事班,保证吃苞谷面馒头,我本人今后保证坚持吃苞谷面馒头。

很可能指导员照顾副连长的面子,很可能石可贵一直表现不错,很可能石可贵一向人缘好……指导员临时把后勤组成员,包括管后勤的副连长(避嫌,不管伙食)、会计,叫出会场,在月亮、星星的微弱光亮下,开了个紧急碰头会。

指导员宣布处理石可贵的决定:不进"牛棚",就地改造,戴罪立功,以观后效。

有职工计较那个白面馒头,认为处理过轻了,不能留在伙房,应该赶进"牛棚"。但响应者寥寥无几。

指导员说:帽子拿在革命群众手里,要是不老实,随时可以给他戴。

副连长——老丈人没有责怪石可贵一句。那些天,石可贵的胃很紧张,甚至,胃开始往上翻酸水。连队的卫生员说:那是胃病,多吃细粮。石可贵像是惩罚自己,不服胃药,坚持吃粗粮。据他说,他对老丈人说:我给你脸上抹了黑。副连长说:不就是馒头嘛,你给自己戴那么大的帽子干啥?他说:好过关,好消气。

现在,我笑了。我推算机动麦面馒头事件发生的时间,正是我念小学五年级。我惹了小小的麻烦,面对老师,也要挖思想根源。比如值日,我去打篮球,或者追一只麻雀,没打扫教室的卫生,我就毫不犹豫,在机动的思想根源中,也不管理不理解,顺口拣出一顶大大的帽子,给自己扣上:资产阶级或修正主义作怪。老师会说:认识到了错误还是个好学生。

哀　乐

上海青年郑天和拎着当年相当稀罕的"三洋"收录机,进团部广播站,翻录了哀乐,然后赶到姚宝弟追悼会的现场。他曾是通讯员,写过新闻报道,跟播音员有交往。

参加追悼会的都是姚宝弟1966年同一批支边的上海青年,还有姚宝弟妻子的亲戚、朋友,差不多都是甘肃人。郑天和按了播放键,团卫生院的太平间里响起了哀乐,像是浓厚的乌云笼罩着拥挤的人群。随即,响起了哭泣声。

姚宝弟的妻子瘫倒在地,她的眼泪已枯竭,只是俯身拍地,说:你走了,让我们娘俩咋活?你说说,我们娘俩咋活活?

两岁的儿子趴在娘身上,一个劲地叫娘,哭着叫娘。

其妻把儿子搂在怀里,哭着说:你丢下我们,叫我们娘俩咋活,你说嘛!

时值1977年,紧邻团部的机修队(也称保养间),姚宝弟检修好了康拜因(生产连队在晒场给康拜因喂稻草,过第二遍;稻田收割为第一遍),生产连队来的机务员开动了机器,可是,运转的机器把姚宝弟的棉袄卷了进去,紧接着,把他也带了进去。郑天和跟姚宝弟一起进疆,在上海,两家相隔一条街。他俩,谁回沪探亲,都会去对方的家。姚宝弟的父亲已早逝。

戈壁滩的十三连又增加了一座坟包。农场称埋葬死去职工的那片墓地,为十三连,那是一个加强连,在一个坡地,可将农场这片绿洲尽收眼底,好像一面镜子。

葬了姚宝弟,团部有位股长把郑天和叫去,质问:一个普通职工的追悼会上,怎么可以播放哀乐?哀乐是中央首长的追悼会上才能够播放的音乐。

郑天和当然熟悉,每当广播站转播中央广播电台的新闻,出现哀乐,就知道又是一个中央领导逝世了。而有一次团政委病逝,也没能享受哀乐的待遇,团里不敢播放。

不可能追究死者,而生者——郑天和怎么胆敢,擅自播放哀乐,将边疆的普通职工和祖国心脏的中央首长相提并论!这可是严重的政治问题。股长说:你想干什么?有何险恶用心?

郑天和背诵了《为人民服务》中毛主席的那段纪念张思德的语录。他说:张思德不也是个普通战士吗?姚宝弟为公殉职,他支援边疆建设,贡献出了青春。

股长说:时代不同了,播放哀乐要讲究一定级别,哀乐可不能随便播放,你要好好反省。

郑天和一拖再拖,没有交出检查材料。据说,一位分管农机的副团长出面说了话:下不为例。否则郑天和"吃不了兜着走"。因为,连指导员通知他停职反省了。然后,把他从修理连调到生产连,一个挨着沙漠的农业连。临走,他去了团播音室,向播音员道歉,因为哀乐的事也牵连到她,差一点让她丢了喜欢的饭碗。

郑天和定期去姚宝弟原来的家,直到姚宝弟的妻子改嫁。成了人家的老婆,他也理解,一个还不是农场正式职工的女人,拉扯个小孩,怎么过下去?姚宝弟要是活着,其妻还有希望转正。

可是最最犯难的是,郑天和怎么向姚宝弟的母亲交代?他生怕老人家禁不住这样的打击:白发送黑发。他向老人家隐瞒了儿子的死讯。他模仿姚宝弟的笔迹,隔一个季度给老人家写封家书。他报喜不报忧,但是,他担忧老人家发现字里行间背后的死亡阴影,他推敲每一个字是不是恰当。似乎每一个字都在发出声音——组成哀乐。他撕了写,写了撕。因为,他每写一个字,总觉得"死"隐在背后发笑。直到收到老人家的回信,他才松了一口气。

1979年,郑天和回沪探亲,带着杏干、哈密瓜给老人家,说是姚宝弟所托,他指指头顶的天空,脱口说:宝弟是我的领导了,当了领导,工作繁忙。老人家说:你们从小一起长大,宝弟当了再大的官,也是你的兄弟。他说:我多亏有宝弟照应呢。

1980年,郑天和在新疆和上海两地办理调动(积蓄铺了铁轨),他三次去探望老人家,照例带着姚宝弟捎的土特产,每一次他口头提拔姚宝弟,团、师,一级一级地升,说:宝弟进步快,我跳起来也够不着。老人家说:再高,还是你的兄弟,我的儿子。你转告宝弟,踏踏实实做人,脚踏实地,别摔下来。

调动有了眉目,郑天和突然中断办理手续,要是返沪,日复一日,怎么面对老人家？他脱口给姚宝弟一个前景：北京点名要他，老人家你就等着享福吧，现在宝弟忙得脱不开身。甚至，他用了一个比喻：忙得像磨坊的毛驴，团团转。

老人家说：宝弟顺顺利利、平平安安，我就满足了，你告诉他，不要光顾了进步，要注意身体。

郑天和吃不准他对老人家说姚宝弟的进步是否妥当，高处不胜寒呀。寒的是他，他回到农场，去十三连，他看见墓前有纸的灰烬，还有人没遗忘姚宝弟，他希望是姚宝弟的妻子携儿来扫过墓。

他面对坟墓，说了老人家的近况，说：宝弟，你放心，你的妈，就是我的妈。

他播放了哀乐的磁带，说：现在，你的级别已跟哀乐相称了。他还叙说自己的苦衷，他说：宝弟，接下来，我真的不知该怎么跟老人家说，纸包不住火呀，我只好躲避老人家，待在农场陪你。他为难，说：宝弟，我这么口头提拔你，是不是太快、太高了？

十三连的坡底，是一条贯穿南北疆的国道，横穿国道，是通往农场的机耕路。郑天和在国道的路肩停下，烧了纸钱，纸在黑色的柏油路上燃烧，渐渐地，像一只一只黑蝴蝶，随风飞舞，他心里奏起哀乐，说：你上路吧，自己回到母亲的身边，报个平安，我怕见她老人家了。

一双棉手套

上海青年傅志方,是1966年来到的农场。正如他的名字志方——志在四方,他以实际行动与出身资本家的父母划清阶级界线,在农场的大熔炉中脱胎换骨。

傅志方记得分配到农场的连队,第一个冬天的冷。那天早晨,他准备去食堂打饭,打开门,发现墙边有一个摇把(用来发动拖拉机),可能是谁捡来顺手丢在这里的。摇把蒙了一层白霜,他拿起,手上的皮被粘掉了一块,仿佛是烙铁,但冰冷。他忍痛,去食堂打了一碗苞谷面糊糊,一个麦面馒头,快步返回宿舍,馒头的表皮已冻成了坚硬的壳,糊糊表层也结了冰。

他挥铁锹挖渠,往手上缠了一块手帕,手帕洇出了血。他不响。这仅仅是锻炼的开始。

当天收工,他收到一个邮包。上海的母亲知道新疆的寒冷,寄来了一双棉手套:紫黑色条绒为面,纯白色绒布衬里。母亲甚至估计出他挥动劳动工具的最大幅度,一根长长的尼龙绳连接着两个手套,棉花絮得不薄不厚,已考虑到他需要握住铁锹的把子。

同一个寝室的上海知青都羡慕他。他母亲没有到过寒冷的西部,上海也没有这种棉手套的原型。但是,针线细密、结实。有人说:儿子走得再远,母亲的心也连着。

傅志方当着大家的面,拿起剪刀,干脆地剪断了尼龙绳。希望大家看出他的决心——背叛剥削阶级的家庭。

第二天,同一批上海知青,有个姑娘向他借棉手套,说是要仿制。

他说:退回去了。

姑娘疑惑:退给谁?

他不愿提"资产阶级"的家庭,说:哪里寄来,退给哪里。

姑娘说:那不是伤了你妈妈的心吗?

他不响。其实,他期待有人理解,他这个行为,表明他的立场——跟"资产阶级"家庭划清界限;表明他的决心——在艰苦的环境里锻炼出革命意志。

遗憾的是,竟然没人表扬他,赞赏他退还棉手套的革命行动。当时,他多么需要这样的赞赏。所以,姑娘提起棉手套,而且说要"仿制",他觉得简直是对他的一种贬低,似乎他仍旧没有摆脱那个"家庭"。

姑娘丢下一句上海话:十三点。

他站在原地,愣了好一阵。

一个半月后,他收到了母亲的信,信里的语气那么平静:阿方,棉手套收到了,新疆冬天冷,不戴手套,还是要注意防寒,自小你的身体弱,更得当心冷。

傅志方没回信,而且焚了信。

春耕春播战役打响了，又是上海来的信，是姐姐写的信，催促他抽空给母亲写封信，几乎是恳求的口气，没写其他的话，就是要求给母亲写信。

傅志方仍没回音。他的恋爱遭受了拒绝，他看中提出要仿制棉手套的姑娘，姑娘嫌他家庭出身不好，她跟着受牵连，今后，孩子也被"笼罩"。因为，连队开展大批判，已有人贴过他的大字报，甚至揭发出"棉手套"——划不清界限的标志。他不响，有口难辩。

炎热的夏日，姐姐又来信，说母亲像盼星星盼月亮一样等待他的来信，而且，每一天都等邮递员。

傅志方在被窝里打手电筒反复看信，他把信撕开，揉成几小团，含在嘴里嚼，然后咽下去，好像一个瓶子，塞上了软木塞。他捂出一身汗。他坚持不回信。他觉得自己像一只风筝，自以为飞得很高很远了，却发现，线还被牵着，挣不断。

初冬，傅志方接到电报：妈去世，速回沪。

傅志方终于哭出了泪。百感交集。

还是同寝室的上海知青将噩耗告诉了指导员。批准他奔丧——按探亲假处理。

遗体冷冻着，母亲睁着眼。傅志方是唯一的一个儿子。火化了遗体，姐姐说：你伤了母亲的心。

姐姐不说一系列信没有回复的事儿，而是提起了棉手套。姐姐在母亲的枕头下边取出棉手套，说：妈妈每天都把它放在枕头底下，尼龙绳明显有被剪断的痕迹，你不知道，妈妈缝制棉手套，还找过很多过去的图片，缝好了，还握着劳动改造的大扫帚试过合不合适。缝手套时，妈妈的眼睛不好,好几次,针把手指扎出了血。你不戴,放在你那里就是了,可是,你为什么寄回来,还故意剪断了绳寄回来?

傅志方咬着嘴唇,不响。

卧室里传出父亲咿咿呀呀的声音,父亲中风卧床一年。姐姐说:阿爹一定有话要对你说,听了,你要多说好听的话。

傅志方想:这趟回来,农场那边会怎么想?

黑　子

  上海青年汪清清有个习惯,临睡前先要方便一下,他称为"排空"。白天,团里的广播(连队有喇叭连线)气象预报有大雪,夜间气温降至零下三十摄氏度。下午,已经下起雪了,雪花一嘟噜一嘟噜,鹅毛大雪。

  汪清清披上棉袄,缩着身子,踮着脚尖,沿着墙根走。雪越发紧密了,两三步远,一片模糊。集体宿舍像兵营,这排土坯屋的东隅,山墙十几米外有个厕所。

  平时,其他室友站在门口就尿,何况下大雪,大雪立刻能将尿覆盖。可是,汪清清像其名字,穷讲究,他习惯上正规的厕所,尽管厕所到处漏风。他很古板,睡觉睡床,方便入厕。

  汪清清摸着墙到达了山墙的拐角,一脚踩着一堆软绵绵的东西,他以为是风把雪吹得撂到了墙角,却不料,脚下抽空。一条黑影从脚下蹿出去,好像大雪天,夜色浓缩,聚得一堆,比夜色的黑还黑。他定神一瞧,是一条壮实的黑狗。

  黑狗保持着坐姿,在三步远的地方抖着脑袋。他听见金属声,是狗的脖子连着的一条铁链。踩着了狗,狗竟没反口咬。可能是黑狗冻得够受,挣脱了链子,想物色个温暖的地方吧？墙角是风旋转的地方,狗可能捕着了猎物。他踩一踩,雪咯吱咯吱响。

黑狗的背后是厕所,好像要阻挡他去厕所的路。雪花钻进了他的脖根,他打了个寒战。他迈步,抬起大头皮鞋,踢了狗头。狗夹起尾巴嗷嗷叫,消失在漫天的雪花背后。

厕所门前,一个黑影,像塑像。汪清清做了个蹲下捡物的动作。塑像发出龇牙咧嘴的深沉的咆哮。

汪清清背后传来一声吆喝:黑子,老实些。

原来是班长赵大个。个头高,进所有的门都要低头。他家养了一条黑狗。

汪清清说:这么晚了你遛狗呀。

赵大个说:这家伙挣断了链子,跑出来找对象呢。

汪清清说:我只穿了裤衩,黑子好像反对我上厕所。

赵大个说:黑子外表凶猛,其实,没有我的口令,它自己不会随便咬人。天黑了,它冲你凶,也是自我保护,你一定惹了它。

汪清清说:我踩了它,自己也吓得不轻。

过了冬天,春耕春播就要拉开序幕了。每一年,连里都组织备耕生产,去塔克拉玛干沙漠腹地砍椽子。结婚的职工增加了,要从集体宿舍搬出去,盖房子要用椽子。

赵大个升为副排长,他带五个人砍椽子,四匹马拉一辆胶轮车,两辆。

两人一组,在原始胡杨林砍椽子。赵大个点名和汪清清一组,他有沙漠生存的经验。相隔百把米,并行前进,隔半个小时,相互呼应。有一次,他喊汪清清过去,喝水抽烟。太阳刺眼。

沙漠里就想讲话,赵大个讲了绿洲里的事情,好像他憋了很久,撒一泡尿一样。

他说:还记得下雪的那个晚上,你踩了我的黑子吗?

汪清清说:黑子想好事撞上了我嘛。

他说:其实是指导员派我在你们宿舍周围站岗巡逻。

汪清清说:我又不是领导,还要有人来站岗?

赵大个说起背景,中苏关系紧张,老毛子在边境闹事,农场加紧备战,指导员首先排查连队"内部"的隐患,防备"里应外合"。汪清清同个宿舍六个人,有四个家庭出身不好,而且,农场成立造反派组织,有两派,可是,成分高的四个人是逍遥派,逍遥派容易动摇,每个人都有组织,两派都不参加。指导员政治敏锐性强。

赵大个说:你们四人自然就被列为防范对象,我发现你晚上出来,就避在一边观察。

汪清清说:管天管地,还管起我拉屎放屁。老赵,你就是一条狗。

赵大个说:放到场部,你就是个被痛打的落水狗。连队离团部远,算是对你客气了。那么大的雪,我放着老婆不抱,跑进雪地里挨冻,我也是执行任务呀。

汪清清说:我想逍遥,逍遥一下也成了敌人。

赵大个突然说:沙漠里说的事儿,可别带回绿洲,我看你这个人,老实巴交。

黑子摇着尾巴嗅汪清清,他抚抚黑子的头,说:发现敌情了?又对赵大个说:你不说,我还蒙在鼓里。现在起,让它烂在我的肚子里,只当把黑子放在了沙漠。

赵大个说:这黑子,我想丢也丢不掉。

夜班饭

上海青年大约莫给我们送夜班饭。

大约莫是他的绰号。以至忘了他的名字,只记得姓郑。他有句口头禅:大约莫,差不多,就行了。他给上海的父母写家书,两页,寄出了一页。父亲是教师,以为出了什么事,读了一半,没了下文,就复信追问。那时,信一个来回,需一个多月。让父母猜测、担忧了近两个月。他找出后一页寄出。父亲转达母亲的话:你不要吓我们好不好?

农场放水,灌溉稻田,分白班和夜班,各十二个小时。最艰苦的是放夜水。一块条田长一千米,宽五百米,一般有十条左右的引水渠,每个人管一条引水渠,即长一千米,要按地块的高低合理安排水。穿着高帮雨靴,提着马灯,来回巡查。开口、封口,有时,渠堤垮了还要下去堵决口。绿洲地处沙漠边缘,昼夜温差大,可夜间蚊子多,多得一巴掌拍上脸或脖,掌心有几十个蚊子。

连队规定,放夜水,在地里吃。增加一顿夜宵,叫夜班饭。夜班饭随便吃,不收饭票。通常,夜班饭都是面疙瘩。那是大约莫的拿手厨艺。

他把洋葱头（维吾尔族叫波芽孜）爆炒过，加水，用筷子把调好的苞谷面刮进沸水中，汤是汤，面是面，清清爽爽。有时，他会配煎饼，也是做面疙瘩剩下的食料。

有时，我问：干的呢？

他说：白吃，你还计较什么？干的放进水里就是稀的了。干的、稀的，进了肚子还怎么分，统统一样。

伙房里指定大约莫做夜班饭，主要是因为我们都是上海青年，上海青年对上海青年，好说话。大约莫也喜欢做夜班饭，白天自由了。

条田里看不见人，只见马灯。天空的星星不动。马灯在移动。过了零点，原先分布在条田的灯，似乎定了向，渐渐沿着渠埂朝西边并行移动，相邻的引水渠拎马灯的放水员，还相互招呼：准备吃夜班饭了。

边走边望，我望连队方向。连队已被夜色笼罩，都睡了。我心里有一条路——连队通往田野的机耕路，大约莫挑着夜班饭在路上走，他会踏着时间，大约莫零点前后到。

这天晚上，大约莫推迟了半个钟头。我们像茫茫"大海"（沙漠也称为瀚海）迷了航向。终于看见了他打开手电筒。

大约莫用手电筒摇了三个圈。我看见前后左右的夜色里，那一点点灯亮，顿时加速，向手电打出的信号前进。

我说：大约莫，我还以为你在种苞谷，再掰，再磨，磨出了粉，再做面疙瘩。

他说：你们灌溉稻田，一个个丰收景象，有了大米饭，还稀罕苞谷面？

后半夜，我们腹泻。起先，我还以为就我一人，跟相邻的马灯接近，他说:我也拉肚子了。

天一亮,我们几乎脱水,回连队,把大约莫从床上拽起来,要他老实交代,顺便预备了一顶大帽子:破坏农业生产。

大约莫哭丧着脸——天太黑,他过渠的时候,摔了一跤,桶里,汤倒出了,剩下干的苞谷面疙瘩,没有汤,怎么算疙瘩汤。汤也是水,他掺进了渠水,大约莫算是完整的面疙瘩汤了。

要是向连长汇报,大约莫非得被刮胡子(批评),可能不能在伙房里待了。他的身体单薄,大田的活儿他吃不消。

大约莫确定我们原谅了他,索性彻底坦白交代。有一天,他觉得大约莫到了做夜班饭的时间,一醒,发现睡过头了。他说:一急,就乱了手脚。

他放盐,却将尿素(日本尿素)放进苞谷面疙瘩里了。

我记得他是向我要的一瓶尿素,他养了几盆花,蔫不拉叽,跟他差不多,他要用尿素让花振作起来,忘了及时带回寝室。他的寝室在连队的伙房旁边,山墙上靠搭的一间土坯屋。

回想起来,怪不得有一天夜班饭的味道不对。

新账旧账一起算,我反倒笑了,说:大约莫,你把我们当稻子了?

大约莫认真地纠正,说:不是稻子,是花朵。

我说:大约莫,幸好你不是医生,不然,我们死在你手里了。

大约莫拱手作揖,说:各位乡亲,高抬贵手,一到夜里灵魂就跑掉了。今后的夜班饭,有稀的,也有干的,还多放点油,一定让你们吃好,夜里的事情到了白天就不说了,好哦?

启 发

上海青年刘思申托人捎来信,说是一头母牛失踪了。

1967年夏,农闲,连队派刘思申和刘思佳兄妹俩去塔里木河畔的沙漠边缘放牛。我和刘思申兄妹是1966年同一批报名进疆的上海青年。刘思申干起活来,很踏实,有耐心。不过,他重重摔过一跤,连长就照顾他,而且,他对地理感兴趣,说起沙漠,仿佛他是一头骆驼,在沙漠里穿行。我们叫他小骆驼。

赵连长看了信——一个香烟壳子上写的两行字,就着急。丢了牛,人找牛,万一在沙漠里迷了路,怎么向上海的父母交代?

我是连队的文教。我主动提出前去协助寻找,何况,也算代表连领导,顺便慰问荒野放牛的战友。将近三个月没见面了。

赵连长不放心,指定后勤的老张与我同行。老张熟悉那一带的地形地貌,曾经也放过牛。

天还没亮,我俩就出发。摆渡过了塔里木河,沿着河岸蜿蜿蜒蜒的小路往西走,一会儿走牛群踩出的小道,一会儿沿毛驴的车辙(那是进沙漠挖红柳根的车)。太阳爬到我们头顶的时候,小道、车辙,渐渐淡了。风已把沙滩和沙丘上人类的痕迹抹掉了。沙子吸收着阳光,通过鞋底,把烫烫的热量传达上来。我想起刘思申说过的神话,沙漠是一张魔毯,人上去,就不停地跑,跑到跑不动了就倒下。

我以为是幻觉,看惯了沙漠的静止,忽然发现远处在动,仿佛沙丘受不了炙热,挪动、换位。渐渐地,我看出是一群牛,两个人在牛群的两侧,衣服被晒得褪色,接近了沙漠的颜色。似乎沙漠活了。

一眼看出刘思申,他的腿一瘸一拐。我简直不相信,仅三个月,两个白白净净的上海青年,被沙漠的太阳晒得如同非洲的"特使"那样黑不溜秋。张嘴笑,反衬出脸黑,仿佛被烤焦一样。

刘思申身体一歪一歪地走近,像是一棵胡杨树,不是我向胡杨走过去,而是胡杨向我移过来。我察觉,进了沙漠,会出现神奇的幻觉。他仿佛终于看见了人,而且还是上海人,他笑了。

刘思申的样子,像是从沙漠带出了一支迷失的部队,他说:连长派我出来的时候,是一个排,现在,扩大了编制,增加了一个班,一个加强班的小牛。

一个班,标准的编制十二人。刘思申兄妹已无师自通(据说,临行前,曾请教过老牛倌老张),给母牛接生。有难产的母牛,就帮助母牛顺利生产。他的表情流露出成就感。他的妹妹却含羞了,黑里透红。

我送给兄妹俩两顶草帽。我奇怪,怎么不戴草帽?刘思佳说:草帽叫风刮跑了,追也追不上。

我看见牛群,大中有小,小牛跟着母牛。我说:你们不就是党代表了吗?

塔里木河有一段拐入了沙漠。刘思申兄妹赶着牛群去饮水。我担心的事情没有发生。前来的途中,我就想象一个情景,小骆驼单独进沙漠,渐渐地,他变成了一只骆驼,骆驼寻找母牛。后来,我想到,神话的产生,其实依据的是现实。沙漠的神话、魔幻,出自进入沙漠的人类的遭遇。

牛群似乎知道前进的方向——塔里木河。已经用不着驱赶它们了。刘思申活像塔里木河一样不断流淌,这么多日子憋了一肚子话,仿佛检验对人类语言掌握的程度,终于有了传达机会——传达沙漠里的秘密。

老张忍不住,问:信里说的那头丢失的母牛,找到了吗?

刘思申好像送出了信就忘了信,话断了流,他迟疑了片刻,说:哦,找到啦。

我说:找到就好。

刘思申似乎来了兴趣,神秘兮兮地说:知不知道怎么找到的?

我说:只要不叫我们找你就好。

刘思申说:严格来说,不是人找牛,是牛找牛,母牛自动归队。

刘思佳一直不吱声,她说:在上海,到处都是人,进了沙漠,不见人影,我哥常对牛说话,我想妈妈。

刘思申接过妹妹的话,说:我受了思佳的启发,没有去寻找母牛,而是把刚出生的小牛抱回牛群。同时,在河边遇上羊群,托羊倌捎了个信。

我把刘思申的话在心里整理(当然,回连队后,我写了一篇通讯报道,给团里的广播站):那头母牛脱离牛群,在一个沙丘背阳处顺利生了牛犊,母牛要认为安全了,才带领牛犊回牛群,很可能渴了饿了,去觅食。刘思申发现了牛犊,抱回牛群,不见母牛的踪影,清点了牛群。送出信的当天傍晚,母牛出现了,很可能是气味起了作用,牛犊吸吮着母牛的奶。牛犊用嘴,一下一下往上顶母牛丰满的乳房,边吮边顶。

当时,我笑了。因为刘思申在叙说母牛和牛犊重逢的时候,他的样子像一只牛犊,脸朝上,模仿着牛犊吮奶的样子。旁边,刘思佳还提醒他,只说:哥。

剥树皮

上海青年杨书林对我讲他初恋的故事——

剥树皮,是谈恋爱的另一种说法。我善于总结经验。连长说我好动歪脑子,出歪点子。

我们这一批上海青年,来到塔克拉玛干沙漠边缘的农场,同一个连队,还有历次运动中所谓反革命、反派分子,以及劳改犯,都是农场职工。农场习惯上把刑满释放人员称为新生人员。他们差不多都是光棍,看见我们中间的姑娘,目光就像饿狼扑食。

一个连队,男多女少。我发现狼多肉少。我们上海支边青年实行的是供给制,按年份,津贴为三、五、八元,而新生人员每月的工资有几十元。连长传达团部的规定,供给制期间,不准谈恋爱、结婚。

怎么能眼睁睁地看着一起来的姑娘被老职工占去?而且,我已经对同一节车厢来的一个姑娘有意思了。于是,我就约她,约她进防沙林。

防沙林标志着绿洲和沙漠的界线。那时,我们还住地窝子,一个地窝子住十二个上海支边青年。不像在上海,到处都可以找到恋爱的地方,连队驻地,除了地窝子,几乎无遮无拦。

1967年的春天,已经能闻到沙枣花香了。我和她,一前一后,悄悄地离开连队。夜色降临。我们循着花香之路,进了防沙林。出了防沙林,就是一望无际的沙漠。

防沙林由沙枣树和钻天杨组成。只能听见鸟叫,却看不见鸟。白天,我在地里干活,就听见树林里的布谷鸟叫,回荡在空旷的田野里,似乎在提醒人该"播谷"了。

树林里仿佛在举行鸟儿的集体婚礼。抬头,枝芽的缝隙里,可以看见树梢上托着一个一个鸟巢,像硕大的果实,再上边,是星星和月亮组成的夜空。叽叽喳喳的麻雀,已成双成对。我们在树下,叫声戛然而止。

我还不知道怎么恋爱。羡慕一对对鸟儿,可以听见它们在枝叶里追逐、呼唤。我和她靠着一棵沙枣树,说着不着边际的话,我的手真想握住她的手,可是,我的手好像畏惧了,摸着树身。

沙枣树的树身很粗糙,不知怎的,我开始剥树皮。一点一点剥,竟然剥出了巴掌大的一块,露出白生生的树肉,月光像水一样,那巴掌大的一块特别白嫩,还沁出黏黏的汁液,像维护剥开的伤口。

她说:那边是沙漠。

沙丘镀着月光,像大海的波浪,一种随时可能涌动的样子。我趁机抱住她。她散发出花香。

她望着枝叶背后的夜空,说:月亮看着我们呢。

我说:不怕,不管它。

我们有了这个恋爱的地方。那是春耕春播的尾声,平地、播种,累得要散了骨架。可是,我们不感到累,每天傍晚,趁着夜色,仍然进防沙林。好像我们是两棵移动的树,加强了林带的力量。

沙枣花的香气,渐渐淡了。已经能听见鸟巢里传下来的雏雀的叫声,它们在期待觅食的麻雀衔回来虫子。防沙林如同我们的婚房。我像剥树皮一样剥下衣裤。

有一天,她告诉我,月经不来了。1968年春,同样的花香鸟语,我们不再进防沙林了。她生了个女儿。坐月子就在集体宿舍里。女儿有一地窝子的阿姨,可是,我这个爸爸只能帮助拎拎热水。

一个地窝子,无形之中,成为一个饭组。一个菜盆,一个饭盆。姑娘们会故意剩馒头。一个组十二个姑娘,似乎约定俗成,吃掉七个或八个馒头,剩下的馒头,由一个代表端到男宿舍,喊一声,放在你们门口了哦。

其实,是针对某一个人,但是,又不便挑明,只能以"军事共产主义"(我们实行半军事化管理)的姿态奉献。渐渐地,她带头,留下半个馒头,切片晾干,专门供应我。其他姑娘心照不宣,纷纷模仿。

我总想独立出来,创造自己的小天地。首先,我在地窝子前挖了一个灶坑,架上小锅,做小锅饭了。这也是我的发明——开了先例。生了小孩,要加强营养,连队的大伙食缺少油水,都是千篇一律的清水煮白菜。也有架小锅烧饭的男女青年,那是"有意思"的标志。连长说我一粒老鼠屎坏了一锅汤。我说:有了家,才是扎根边疆的坚定表现。

我把防沙林里恋爱的秘密告诉同伴们。还起了个名称:剥树皮。

一对一对悄悄地去防沙林"剥树皮"。可是我们已过了那种恋爱季节。那一年,取消三年供给制,还解除了恋爱的禁令。

那时,没有正式的结婚证书,只需指导员批个条子,像打病假条那样,连长批准了病假条,就能吃上病号饭。

指导员不批。他点名,说:现在很多职工要结婚,还有的是先端饭碗后敲钟(先怀孕后结婚)。要结婚可以,没有房子怎么结婚?所以,要结婚,就自己打土坯,自己盖房子,我就批准结婚。

我想到树林里的麻雀筑巢。首先要有建筑材料。我把和好的泥巴,放进模子里,刮平;一个模子,有两格,然后扣在场地上。一块土坯有七公斤重,一次两块,一天,要打五百块土坯。晒干了,码起,垒房。那时起,春耕春播增加了一个固定的内容:盖房子。连队还派伐木组,赶着四匹马拉的胶轮车,进入沙漠腹地的原始胡杨林砍椽子。

不过,我发明的剥树皮延续下来。剩下的上海男青年把目标锁定在刚毕业分配到连队接受"再教育"的高中生。连队规定接受"再教育"三年不准谈恋爱。可是,这是最后的机会,已是老油条的男知青说:连长,你能给我们发老婆,解决老大难问题吗?连队只能默认。还在单身宿舍里的男职工,晚归了,有人问都半夜三更了,那人说:剥树皮去了。还互相鼓励:再不剥树皮,那树就被别人占了。这个别人,当然是同一届分配来的高中男生了,他们还没感到恋爱的危机。

坚 持

上海青年常旭生在"大会战"的第二天,发高烧,烧到四十摄氏度,只得回寝室卧床,他终于吃上了盼望已久的病号饭。转而,他又走上了肉味铺展之路。

农场是军事化管理,生产、生活频繁地使用军事术语。大会战,就是各连队抽调一批壮劳力(一个排或一个班),集中到一个连队,进行突击性的生产。例如,夏季拔草,冬季挖渠。

那年夏天,拔草大会战在常旭生所在的这个连。这是个新组建的连队,开垦的第一年种水稻,盐碱滩原先长着多年的芦苇,根茎发达。拔芦根,犹如跟大地拔河。农场将大会战提升到"政治任务"的高度。常旭生说轻伤不下火线。还是强行地被抬回去,因为高烧烫得像火炉,再下去,要烧坏了。

常旭生躺在床上,仍能听见高音喇叭传来的声音:歌曲和口号,还有报道。他熟悉口号,甚至能充实隐藏的口号。比如:与天斗其乐无穷,与地斗其乐无穷,与人斗其乐无穷。比如:一不怕苦,二不怕死。大会战里还有流动锦旗,哪个连队进度领先,锦旗就插在那个连队的"阵地"上。他替自己的连队着急。毕竟他没有"死",只是病了。可是,连长特别叮嘱:烧不退,不准上"火线"。

当然,常旭生闻到了大肉(即猪肉)的气味,他敏锐地辨别出,大肉的气味来自田野,似乎也来参加大会战。他甚至展开美妙的想象,各个连队的骨干风尘仆仆地前来,还带领着另一支队伍:猪,赶着大腹便便的肥猪,沿途,嗷嗷叫,撒撒尿。他的病号饭——面条依然如故,须得侧面观察——那像家乡池塘里的荷叶一般可怜的油珠。

组建不久的这个连队,口号是:生产第一,生活第二。生活包括吃住。常旭生倒不在乎住,反正有个地方供身体平躺,遮风挡雨即可。连队的猪圈,仅仅是场部调来的猪崽。断奶不久的猪崽。

各个参加大会战的连队,搭帆布帐篷露宿,临时在驻地垒了灶。因为连与连之间住得近,后勤保障体现在一日三餐上边,也像比赛,中午、晚上两餐,顿顿有肉。

指导员擅长做思想政治工作,他提出口号:不吃大肉,照样战斗。连长发愁,好久不沾荤腥,单纯让职工闻一闻别的连队的肉味,会动摇军心。不管怎样,也要吃一次大肉。他向指挥大会战的副团长求援。副团长临时调配半扇猪。

常旭生在多路气味里(烧法不同),终于闻出本连队食堂的大肉气味。肉味似乎在连队驻地里徘徊,不肯轻易飘向田野去"大会师"。匆匆吃了病号饭(病号饭一日两餐),他躺不住了。他赶在食堂送饭的牛车之前,到了大会战现场。喇叭声声,红旗飘飘。过了多年,他琢磨,送饭为什么用牛车,而不用拖拉机?他曾经在田里劳作时眺望通往连队的机耕路,先是出现一个点,一点慢慢扩大,牛拉车,慢慢腾腾挪动,那是对胃的考验。论吃,常旭生禁受不住考验,饿他一天,他肯定要"坦白交待"——招供。他仅十八岁,胃里像安了一个磨盘,什么食物一放进,就迅速消化,何况不滋润,还缺乏油水。

连长关心上海青年,摸了摸他的额头,说:咋还烫?烧没退呢,你就来第一线,吃不消呀。

常旭生说:带病坚持吃肉。

这话被卷着裤腿刚从稻田出来的指导员听见了。他唤来文教,要推出先进典型。把话改装了一下,似乎跟常旭生统一口径,说:带病坚持战斗。还指指脑袋提醒他,要不断提高"政治觉悟"。文教还创造了他的豪言壮语:身体高烧也烧不灭一颗火热的心。

吃了肉,下了水——稻田里的水即便是夏天,仅表层水皮温热,底下却寒凉刺骨,毕竟是引来的天山融化的雪水,但是,他的热度退了。他认为是大肉起了作用。

当天下午,遍布在水稻条田各处的高音喇叭播出了常旭生"带病坚持上火线"的事迹。傍晚,团部的广播也播出了。曾于1966年去上海接这批青年的副团长表扬了常旭生。大会战结束,他被树立为上海青年的先进典型。

常旭生跟同个寝室的上海青年说:还是大肉过瘾,我再不发烧了,病号饭越吃越饿。

有人说:生不生病,自己又不能做主。还有脑子紧了政治这根弦的人提醒:这种话内部说说,跟你这个先进典型不相符,人家把你树起来,你自己不要窝下去,指导员号召我们向你学习呢。

常旭生觉得像分立出另一个自己,供向往肉的自己学习,他说:取长补短,相互学习。他冒出一句:大会战好。要不是大会战,怎么会改善伙食。

一个多月后,拔第二遍草(水稻生长过程,要拔三遍草,第二遍相当关键),已经不组织大会战了。常旭生已当了班长。他发现一个奇怪的现象:本连队"军垦战士"(职工)拔过的稻田,芦苇在稻根的旁边仅露出尖尖的嫩芽,但参加大会战的其他连队拔过的稻田,芦苇已撑出水面,好像跟水稻比赛生长一样。

他进一步发现,其他连队插在泥水里的一束束芦苇,仅仅是带着短短的白根。而本连队拔的芦苇,白生生的根比青青的茎秆还要长,芦苇根很密很长。拔起芦苇,对折,苇根朝上,扎入泥里,过一段时间,根烂了,苇为肥,供养水稻,一举两得。

怪不得其他连队的拔草速度快呢。常旭生汇报,大会战,歼灭草,不能哄水稻,杂草与水稻争养分。一强一弱,他的立场在水稻这边。

连长说:兄弟连来帮我们,不能让别人的脸面没处搁吧?

指导员说:这个情况当时我们就察觉了,不能给别人的热情泼冷水,刘副团长亲自抓大会战的进度,现在还是自己的问题自己消化。

商量决定,常旭生带领一个突击队,加班加点拔草——大战杂草。大干,苦干。

常旭生提了一个要求:突击期间,要有一顿大肉。

指导员已把他列为培养对象,说:你这先进典型,政治觉悟还有待提高,我们连这一摊子你心中没数?

连长说:不能累垮了,后勤得有保障,厚着脸皮也要争取一顿大肉,多少不论。

常旭生缓和一句,说:有点肉星,哄哄嘴巴就行,不能给领导造成压力。

连长强调:哄嘴巴,最后还是哄地。

指导员说:不能上交困难,要善于做思想政治工作。

连长说:我去团部争取,你做脑子的工作,我做肚子的工作。

敬　礼

上海青年赵梦灵拒绝割麦子,他的理由是:镰刀统一打造为右手割稻,我是个左撇子。

康拜因收割麦子,还是有收割不到的地方,田边地角得由人工用镰刀收割。

麦子即将成熟,赵梦灵仿佛有什么心思,他早早晚晚都会去麦田,沿着田埂慢慢走。沙漠吹来的风,掀起层层金黄色的麦浪。他像是在麦浪里游泳,一会儿沉下去(可能闻麦香),一会儿浮出来(继续游走)。他回到宿舍,也不跟别人说话,心不在焉的样子,熄灯了,他打着手电,靠着床档,写着什么。

使用镰刀不方便,李排长(是老职工,地里的活拿得起,放得下)要他跟康拜因。他说看见康拜因卷食麦子就要头晕。

康拜因前边的卷筒重复地旋转,把麦子揽进,背后留下齐刷刷的麦茬,前进一段,便放下一个像房子那样的方方正正的麦秸垛。

一堆麦秸要装几马车,仿佛拆房子一样。赵梦灵仍旧打着手电筒在写什么。同一宿舍的人累得都睡了。

李排长大概听说他在写什么,认为他不嫌累,可能白天偷懒,就安排他上夜班。麦秸垛里含有康拜因"没消化"的麦穗,拉到麦场,等到地里的麦子收割完毕,再一次喂康拜因。那时,康拜因原地不动,等着数人在前边往里喂麦秸。

那天傍晚,赵梦灵把床铺整理得干干净净、整整齐齐,把蚊帐封住——帐帘下端压在褥子下边。他比平时多吃了一个苞谷面发糕(他喜欢粗粮,他推说细粮麦面不禁饿),拿出一个封了口的信,对邻床的上海青年小吴说:明天一早,麻烦你把这封信交给通讯员,到团部寄走。

事后,小吴想起了赵梦灵临走时的话(像是自语):这个夜班我上不好。

第二天一早,小吴看见赵梦灵的蚊帐里空着,他想起了委托的信。这时,他听说赵梦灵出事了——有人把他从麦地里用他赶的那辆马车拉回来了。

连队卫生室里,赵梦灵躺在床上,白白的床单,睁着惊慌的双眼。卫生员用手抚了他的眼皮,他还是没合眼。

月色朦胧的夜晚,不知道到底怎么发生的事情。那辆马车在麦秸垛旁边,只装了半车麦秸,铁叉还插在麦秸垛上,马在食麦秸,肚子鼓鼓囊囊,边吃边等,竟然没动。

赵梦灵在隔着一条渠的麦田里。据开康拜因的农机手说:半夜,割到这片麦田,似乎滚筒突然沉重,不过,很快又恢复正常。

天亮,有人发现了赵梦灵,他的身下压着一片没割上的麦子,很可能,卷筒收不动吃不进他,尖锐、锋利的两排不停交替的割麦子的锯齿划了他的脖颈。

小吴说:天暗下来,他去麦田,像是梦游的样子。

赵梦灵装麦秸,跑进麦田干什么?

小吴交出了那封信。抬头是麦子。猜测那是一个姑娘的名字,很可能是只有两人知道的名字。

信里写的是麦田。有这么一段:我们这里的麦子成熟了,我一想到要收割,心就紧张不安。你记不记得,那一年,我俩在麦田里,金黄色的麦穗,勾着头,在风中挤在一起,发出轻轻的摩擦声,麦穗向我们敬礼呢。麦芒触到脸上,痒痒的,很舒服。我俩也回了礼——向麦子致敬。

不知是赵梦灵的疏忽,还是……总之,没有收信人的地址。

几个上海青年(都是1966年支边的上海青年)给赵梦灵擦身子,换衣服,赵梦灵的右臂弯曲着,怎么也拉不直。

小吴说:梦灵,你该放松了,把胳膊伸直吧。

仿佛是教学用的木制的三角尺,去掉斜边,赵梦灵的右臂形成勾股两条边的直角。

小吴睡眠很浅,几次见赵梦灵打着手电筒写字——现在知道是情书了。他说:这是写信的姿势,就让他保持着吧。他用手抹了赵梦灵的双眼,说:闭上眼,开始梦你的麦田。

赵梦灵的眼帘终于垂下。

夜晚,宿舍里的几个上海青年守灵。小吴回宿舍,取来赵梦灵的英雄牌钢笔,蘸了墨水,放在他的右手上,那胳膊仍然保持着书写的姿势。

　　小吴说：他平时话很少，有一次，他说，母亲临生他的夜晚，做了一个梦，梦里，捡麦穗，有一个麦穗发霉了。母亲跟一起捡麦穗的小伙伴提出，要换一穗。对方是个男孩，给她一穗颗粒饱满的麦子。于是，第二天早晨，他顺利出生。他母亲给他起了这个名字。小吴又有新的发现，他说：赵梦灵要是抬起手，就是个敬礼的姿势。

觉　醒

上海青年姚觉醒一听说要打狗,本来蔫不拉叽,顿时抖擞起精神来。因为,有肉吃了,他的肚肠已很久没过油水,更不用说荤腥了。

刘指导员说:打狗可以优先吃狗肉。

那天,连里突然接到团部指示,要求刘指导员组织一支打狗队,前往团直属单位,消灭所有的家犬。团政委强调,这是一项政治任务,"苏修"在边境地区向我国放出大批疯狗,为了防止狂犬病传播,首先要消灭自家的狗,省得狗咬狗,一嘴毛,不让"苏修"的阴谋得逞。

此前刘指导员是政委的秘书,政委把他放到连队锻炼——过渡,镀金。上海知青都知道刘指导员在连队待不久。

刘指导员指定姚觉醒担任打狗队队长。他说:这一回,你可以光明正大地打狗了,要打个漂亮的歼灭战,一条也不留。

姚觉醒为了肚子,什么都干得出来,属于穷凶极恶的角色。他偷过鸡,杀过猪,最拿手的还是打狗,以至于连队职工的家犬,见了他也会垂下尾巴,远远地避开,因为,他的身上散发出狗肉的气味。

我也享受过他深夜炖的狗肉。堵塞门窗的缝隙,不让狗肉的香味散发出去暴露目标。

姚觉醒一副摩拳擦掌的样子,说:进攻团部,这可是你下的命令。

刘指导员说:记住,只准打狗,不得伤人。

姚觉醒说:指导员,有你这个"尚方宝剑",团部所有的狗,我保证全部歼灭。

我没被点上,也要求加入打狗队。

指导员说:你的心太软,下不了那个狠劲,你有政治觉悟,但缺乏实战经验。

姚觉醒说:你打狗,恐怕叫狗反咬你了。你就等我召唤,吃狗肉绝不会少你。

指导员叮嘱,说:不是狗肉问题,是政治问题,团里把这个重要任务交给我们连,是对我们高度信任。这次行动,你独立带队,也是对你的考验。

姚觉醒指着我说:指导员,我有个要求,叫他到食堂,准备两口大铁锅炖狗肉。

指导员说:我讲了那么多,你的政治觉悟还是没升上去,仍旧想着吃肉,还没有行动,就打起小算盘。好吧,让他进驻食堂。

姚觉醒选择了傍晚,他说:趁人睡觉,狗活跃的时候,夜袭。

第二天早晨,姚觉醒凯旋。他照着指导员提供的清单(家犬清单由团保卫科摸底后列出),打死了二十一条家犬。

亏得我准备工作充分,卸下马车的狗尸,还有余温,当场开膛破肚,卸块下锅,简直像过年一样,我招呼着一帮人,忙得不亦乐乎。很

觉醒

快,整个连队都弥漫着狗肉的香气。大人小孩循着香气铺路,自动集中到连队的食堂,敲击碗筷,如同一个大型的乐队。

起初,我以为开通了团部香味的大道,随后,我获知,刘指导员向团部机关,主要是家犬涉及的单位,预先发出了邀请,一起来分享战果,宣称"苏修"的阴谋彻底破产。

中午,狗肉盛宴。刘指导员特意从团部的酒坊订来了大坛红高粱烧酒。大快朵颐之际,团机关及直属单位的领导向刘指导员敬酒,夸他组织有方,部署缜密。

刘指导员说:我不敢接受大家敬酒,我没带队,也没组织。现在,我隆重推出打狗队姚队长,他站在"反修防修"的高度,率领打狗队消灭了团部的狗,所以,要敬也要敬姚觉醒同志。这次打狗,他觉醒得最快最早。

我说:刘指导员,觉醒是在你的领导下进行的打狗行动。

刘指导员瞪了我一眼,轻声说:要领会精神,转而大声说:现在,我提议,为姚觉醒干杯!

团保卫股赵股长说:这一回,我算是领教姚觉醒的厉害了。说起来也奇怪,团部范围里的狗,见了姚觉醒,吓得夹起尾巴,连逃也不会逃了。姚觉醒简直是狗的克星。

刘指导员说:不要光说话,要立刻行动,大家一起,祝贺姚觉醒。

姚觉醒一副理所应当的英雄状,他也不谦虚,满上,干了。

我总替姚觉醒担忧,刘指导员谦让,姚觉醒受用。毕竟我清楚整个发动、组织的过程。我想突出刘指导员……大概让他察觉了。他能明察秋毫。

刘指导员示意我到僻静处,说:我知道你想什么。

我说:我担心姚觉醒得意忘形。

刘指导员说:团部是我的娘家,都是乡里乡亲,打死谁家的狗谁都记恨,打的是家犬,伤的是人心。你看看,这次行动,我没有公开出面,是不是有我的道理?所以,要记功,也要记在姚觉醒的头上。这件事,你就不要再多说了,要领会精神。

我说:刘指导员,你高风亮节,明察秋毫。

刘指导员说:姚觉醒有不觉醒的优点,你知道你的缺点吗?你积极要求进步,我知道,干什么事,头脑要清醒。我呢,对高帽子有清醒的认识警惕。

我的脸发热了,终于觉醒,台面下的话不能放到台面上说,反之亦然。我表态:指导员,今后请你多加批评指导。

结婚证

上海青年宋诗宝指着儿子宋红卫告诉我：我儿子就是"文化大革命"的产物。他说：那一年，我碰上了个恋爱的好时节。

宋诗宝的儿子生于1969年，取了个当时时髦的名字：红卫。1968年，无产阶级"文化大革命"运动掀起了高潮（他称之为白热化程度），远离祖国心脏北京的军垦农场也卷入了革命的火热浪潮之中。农场的局势已被多数派"贫总"（贫下中农造反总部）控制，夺了权；而少数派"红二司"造反组织处于劣势，东躲西藏。

宋诗宝所在的连队，也分为两派，只顾着闹"革命"，生产处于瘫痪状态，大部分上海青年趁乱返沪，连里就剩下十来个上海青年留守。宋诗宝和张根娣就是在这个革命的背景里开始恋爱的。

宋诗宝的父亲在新中国成立前是资本家，已挨批，他不能回沪，给家里添麻烦。张根娣也不敢回沪，其父曾是上海郊区的地主。两个家庭出身不好的男女同病相怜，相互取暖，摩擦出火花，恋爱迅速升温。都是逍遥派——两派的组织都不接纳。

乐得逍遥。宋诗宝说:我俩也成立个组织吧。

1968年12月初,他俩打了个结婚报告。上海青年排的赵排长(是个河南籍的老职工)特地向连长、指导员说明了情况:结婚就等于扎根。

拿着连领导的签字,双双前往团部去办手续。

团部的领导已靠边站,"贫总"掌握了权力。一位四十多岁的男子,穿着黄军装,衣袖别着"贫总"的红袖标,正伏案在写材料——"贫总"的文件。他抬头带着河南口音问:有啥事?

张根娣递上了结婚报告和连队的介绍信。

男子接过,看了,突然问:你是啥成分?

张根娣一怔,脸一红,自然而然低头,答:地主。

男子顿时来了精神,像审犯人一样坐端正了,说:对象的成分是啥?

宋诗宝,也做出"低头认罪"的姿势,说:资本家。

男子一拍桌,说:哈,一个地主的闺女,一个资本家的少爷,不是黑上加黑了吗?黑五类还要结婚?

张根娣指指介绍信,说:结婚还要讲成分?

男子给他俩讲起了无产阶级"文化大革命"的大好形势,从北京讲起,先全国,后农场,他拍拍胸脯,说:这样的大好形势下,我提一个革命的建议,你们分别找个贫下中农,红和黑结合,红改造黑,贫下中农多得很。

他俩只得回连队,那条路仿佛一下子漫长起来,走走停停,停停走走,似乎迷了路。傍晚,回到连队。宋诗宝说:有困难,找领导。

两人来到赵排长家。赵排长要他俩一起坐下来吃晚饭,还叫老婆再擀面条。他俩说:不饿。

结婚证

宋诗宝讲述在团部的遭遇,像庄稼打了冰雹,无精打采。他掏出上海寄来的毛主席像章,它有瓷盘那么大,农场里很稀罕。他郑重其事地交给赵排长。

赵排长说:出身不好就不能结婚生子啦?也不能这么卡。

第二天早晨,他俩看着赵排长骑上永久牌自行车,沿着通往团部的机耕路,一路扬起沙尘,仿佛沙尘吞没了赵排长。最后,那一点消失,只剩一条平静、空旷的泡土路。

中午,那条机耕路,先是一个小点,渐渐增大。终于望见赵排长,一脸带着沙土的汗水。

宋诗宝,站在连队前渠上的桥头,迎上去,问:成了吗?

赵排长拍拍他的肩膀,然后,得意地掏出一张纸条,有卷莫合烟一溜纸那样大小,说:搞革命,搞得那么多人要结婚,结婚证不够了,暂时先用这个证明代替,等从上边领回结婚证再去换。

三指宽的纸条上有两行字:兹有十八连宋诗宝和张根娣二位革命同志,结为革命夫妻,因符合结婚条件,特予批准。1968年12月26日。

红印章几乎盖了纸条一半的面积。宋诗宝认真地收好小纸条,说:没它,我们还不能结婚,能结婚,靠排长。

星期天,宋诗宝借了赵排长的自行车,去赶巴扎,买了一只母鸡,两斤莫合烟,给赵排长。

赵排长客气了一下,还是乐呵呵地收下,拍拍宋诗宝的肩膀,说:有困难,找领导,没错。往后你们有啥困难尽管找我。

好像怕外人听见,赵排长把嘴巴凑近宋诗宝的耳畔,轻声说:团部控制在"贫总"手里。"贫总"里,俺老乡掌握着大权。

宋诗宝闻到一股莫合烟的浓重的气味,说:谢谢你了,你老乡掌权,等于你也掌了权。

1969年元旦,赵排长主持了他俩简易朴素的革命婚礼。他俩把各自的箱子、铺板搬到一起,连队特地给他俩腾出一间土坯房。

元旦过后没几天,赵排长当了副连长,是团部发来的任命文件。上任后,他跟宋诗宝谈话。他指指头顶的云天,说"上边"有意树立一个可以教育改造好的黑五类子女的典型,说:你先干个班长吧!好好表现,为上海青年争个面子。

再放一遍

上海青年刘国威已记不清片名了,只记得电影刚放映,突然飘起了漫天的鹅毛大雪。幕布上的剧情是夏天,却投上了斑斑点点的雪影。白雪和裸体。

那是中巴(中国和巴基斯坦)公路的工地,在海拔5300多米的冰达坂上。慰问团来慰问筑路员工(各个团场抽调),一是慰问品,筑路指挥部政治部的特派宣传干事特意携带公章,在《毛泽东选集》合订本的扉页,盖上"中华人民共和国喀喇昆仑公路指挥部政治部"之印,以资纪念。刘国威曾有数十本(套)选集和语录,唯独珍藏了这一本。二是电影队,主要是阿尔巴尼亚、南斯拉夫、罗马尼亚等国引进的电影和革命现代京剧样板戏的录制电影。放映前期盼,放映后回味,简直就是艰苦环境中筑路的"节日"。

刘国威进疆,多虚报了两岁,其实仅十五岁。1968年的冬天,他刚巧十七岁的生日,属猴。个头矮,体又瘦,他常常学《孙悟空三打白骨精》里孙悟空的样子。冻了,就模仿孙悟空挠腮抓耳,好像置身花果山一样,还将手搭在眉睫上,眺望,那十字镐俨然成了金箍棒。

那天晚上,刘国威站在放映机旁,脚下垫了石块。他在贴胸的棉袄里搁了一壶热水,水里掺了烧酒。

放映员冻得受不了,跺脚,搓手,悄悄地跟宣传干事商量:雪天实在太冻,放映效果也差,明天再放吧。

刘国威的印象里,放映员像热锅上的蚂蚁。他连忙递上水壶,说:喝了暖身。他似乎表决心,说:我们不怕冻,你一定要坚持放完。

没料到,刘国威这一句话,像震动了雪山,发生雪崩一样,由近至远,全场一拨一拨地喊:我们不怕冻,你一定要坚持放完。

刘国威发动了身边的五六个员工,动作利索地把放映机搬进了身后的棉帐篷,从帐篷里边往外放。帐篷中央有个铁桶炉子,刘国威往里加了煤炭。

幕布明显变了形。刘国威让人传话,由后至前,最前边的观众拉动绳子,抖掉了幕布上黏附着的雪花。幕布又挺直了。随后,隔一会儿,有人会拉绳子,抖雪花。

刘国威偶尔看投向幕布的扇形光柱下边,仿佛一片白色的石膏塑像。他踮起脚,因为有一个镜头,很短暂:一个女人躺在浴缸里,只露出肩膀和膝盖,白如雪。

剧终,所有的人都起立,又抖又拍帽子、棉大衣上厚厚的积雪,逐渐现出本色。刘国威听见一片跺脚声,他想起,整个放映过程中,大家都忍着,生怕影响了"故事"的效果,好像大家都进入了电影里的"夏天"。

放映员将水壶还给刘国威,说:这是我遇见的最最热情、最最忠实的电影观众。

那年月"最"或"最最"运用的对象单一。刘国威很受用,他感觉自己也"伟大"起来。那跺脚,在他听来,跟"热烈鼓掌"差不多。他说:再放一遍。他以为放映员没听清,拔高了嗓音:再放一遍!

如同石头丢进农场的涝坝,一圈一圈的涟漪,所有的脸冲着棉帐篷里的放映机,喊:再放一遍。随着喊声,响起鼓掌声。两股声音拧在一起。

刘国威说:广大革命群众强烈要求,再放一遍。

放映员开始倒胶卷。喇叭里响起宣传干事的声音:根据大家的强烈要求,就再放一遍。

这一回,刘国威看中了一根电线杆(上边安了喇叭),他像猴子一样爬上去,不知从哪里找来线路员的装备,他停在喇叭下边,用一个护带,把自己揽在电线杆上,似乎在高空作业。他俯视着银幕。

过后,他在脑子里不知重放了多少遍。他议论浴缸里躺着洗澡的那个女人。他遗憾地说:我上得那么高,还是看不见浴缸里边的情景。

1971年3月,第一期工程胜利竣工。回到农场,曾经参加过慰问团的黄副团长欣赏刘国威不但能干,还有号召力。那次慰问座谈,刘国威冒出一句:要谈恋爱。高山筑路随时会有生命危险。一些筑路员工也说:要老婆,留条根。

筑路工地,都是清一色的男人。黄副团长是老革命了,其妻由组织安排。当时,黄副团长说:你好好干,回去我给你分配个老婆。刘国威坐在黄副团长的办公室里,他说:团长,我提个要求。

黄副团长以为是"恋爱"或"老婆"的事情,他也承诺过。他说:

说说看?

刘国威说:我要当放映员,电影放映员。

黄副团长点头,笑了:那就用不着爬电线杆了。

刘国威脸一热,说:团长,你不是说过,站得高,看得远吗?

黄副团长说:那么高的角度,看清了吗?

刘国威说:雪太大。

黄副团长拍拍他的肩膀,说:让你看个够,往后,好好干!

刘国威感觉浴缸里的女人仿佛永远要放在雪花飘飘的冰达坂上了,他甚至看见雪山上的浴缸散发出的朦胧热气。

爆　炸

　　上海青年毛艳艳是农场的一枝花。长相跟她的名字那样,如同一枝花,开得正艳,又有一个好身材。但她的名声不太好。当时的说法是:生活作风有问题。她调到了团部招待所,当了出纳,有传言,是靠着她的相貌。据传,毛艳艳说:长得好看有错吗?

　　1968年冬,一个晚上,有人发现,毛艳艳死在自己的单人宿舍里,而且,一丝不挂,脖子上有被掐过的痕迹。可能她要喊。

　　团政法股派人来调查杀人案,很快锁定了嫌疑人赵音,深夜把他从被窝里逮出来审讯。

　　赵音和毛艳艳是同一批进疆的上海青年。他在团部附近的运输连,因为劳动表现出色,连长就把他从大田调到机务班,开拖拉机。案发的当夜,赵音确实到过招待所,他从煤矿拉了煤,送至招待所。

　　赵音承认,他喜欢毛艳艳,仅仅是单相思——剃头挑子一头热。他知道招待所需要煤炭,就主动争取了拉煤的任务(这也成了他精心预谋的组成部分)。卸了煤,他顺便去毛艳艳的宿舍一趟。毛艳艳刚洗过头,长发披肩。

政法股雷股长问:你是不是憋不住了?

赵音说:毛艳艳爱清洁,我识相,我也嫌自己一身煤渣,只是和她说了几句话,坐也没坐。

雷股长说:花开了,蜜蜂、苍蝇都来叮,你就那么老实站着?

赵音说:我生怕把椅子坐脏了。

雷股长说:你把方向盘的手,就那么老实?毛艳艳被两只手掐死,那么狠。

赵音似乎在回忆,说:我只注意了她刚洗过的长发,像春天的杨柳一样。

杀人案,是个爆炸新闻。当年,团部经常举行审判大会,相当多的是强奸犯。赵音不承认杀了人,也查不出他杀人的证据,在审判大会上,他成了陪伴——把他跟审判的罪犯放在一起。目的是用"无产阶级专政"的气势影响他。

但是,赵音一口咬定,他不会杀毛艳艳,他沾着煤渣的手怎么可能去掐那么干净的毛艳艳的脖子?

已经把赵音关进了"牛棚"——造反派接手,逼供:你不是说只注意她的头发吗?怎么漏嘴说了脖子了?

赵音说:我确实只注意了她的长发,是审讯时,我听到了脖子。

农场的老职工一般不刷牙,但在赵音和毛艳艳的宿舍里,分别有牙膏牙刷。造反派说:还是老老实实坦白交代,不要像挤牙膏那样,施加一点压力,你就挤出一点。

"牛棚"里的牛鬼蛇神,白天打土坯,早晚向毛主席像早请示晚汇报——自我揭发"灵魂深处私字一闪念",还辅助刑具。有一夜,赵音悄悄地逃出"牛棚",摸进雷股长家,跪下,要求雷股长判他的刑。

雷股长说:是凶手,你坦白。

赵音说:我没杀毛艳艳。

雷股长说:那你为啥要求判刑?

赵音说:我受不了了。

雷股长说:杀了人,才判刑,你现在还不够资格。

赵音失望了,他返回"牛棚"。从此,沉默寡言。原本,连长看中他,要提拔他为机务排的副排长,可是,他连方向盘也摸不上了。关了几年"牛棚",又回到大田干活:监督改造。女人们都避而远之。因为,他背上了"强奸杀人犯"的名声。白面馒头掉进煤堆里——不黑也黑。

1978年,连队同一批进疆的上海青年已结婚成家,赵音还打着光棍,他邋里邋遢,单身宿舍墙壁布满了烟熏的痕迹,墙角还有蜘蛛网,网丝也被熏黑了,他懒得打扫。

沙漠边缘的春天,土地还没解冻,不见一点绿意。一个礼拜天上午,一阵敲门,赵音惊醒,迷迷糊糊的,冲着门,说:没顶门。

一个男人,穿着棉袄像是背着重荷,其实是背有点驼,推开门,顺手关门,到赵音的床边,说:我实在憋得受不了了,我要爆炸了。

一听爆炸,赵音起床,说:爆炸?我又不是煤矿,我有啥?啥也没有。

那个男人弓着背,一副低头认罪的样子,他说:你见过我吗?

赵音迟疑片刻,做了个"炒菜"的动作,说:团部招待所,掌勺的,厨师。

厨师连连点头,说:对对,这十年,我让你背了黑锅。

赵音穿起衣裤,说:黑锅?

厨师说:这十年,你不可能注意我,可我一直在注意你。发生了那个杀人案,你丢掉了一切,还吃了很多苦。

赵音说:跟你有啥关系?

厨师说:我也活不了几天了。早先,我听说因果报应,现在我得到报应了。我得了绝症,活不了几天了,看你落到这样的地步,实在憋不住了。我常常做噩梦。当年,我还感到侥幸,你替我背了黑锅。反正我活不了几天了,隐瞒了十年的事情,憋在肚子里,简直像个炸药包,你来点导火索吧。

赵音终于听出了眉目。他看着厨师,突然,像爆炸一样,笑了,笑得身体晃动,仿佛禁受不住,他慢慢蹲下,捂住脸,哭了。

厨师跪在赵音的面前,说:都怪我,怪我,怪我毁了你,毁了她。我向你坦白交代,剩下听候你发落。

这十年,赵音第一次哭出来,他擦了擦眼泪。厨师坦白了十年前那个夜晚的经过。当年,他也听说过风言风语:毛艳艳生活作风有问题,鸡蛋不裂缝,苍蝇也不会叮,他也看上了毛艳艳。只不过,年纪相差八岁,他显老,像个小老头。他给她开小灶,送一碗肉丝面,他看见的也是她的长发,水还没干。

厨师说:我听说审问你时,有一句话是,你是不是憋不住了?我走进她的宿舍,她的长发散布出香气,我就憋不住了。她不让我碰她,我憋不住了,我不叫她的声音传出去,我掐住她的脖子,那脖子禁不住掐。这些年,我常常做噩梦,被一双大手掐住脖子。有时,我炒菜,手似乎不听我使唤,恨不得伸进油锅里。

赵音起先蹲着,渐渐地,他坐在地上。

厨师仍跪着,说:那时,她的名声不好。名声是什么东西?我在招待所,都赞赏我的厨艺,我的名声掩护了我。毛艳艳死了,还有女人说她是个狐狸精。

赵音的表情,又恢复到木然,他像瘫在地上的一个小沙丘。

厨师说:现在,我跟你去自首,再憋下去,我就爆炸了。

赵音的表情,像风吹过沙丘,他的脸皮抽动了一下,都是皱纹。

厨师说:所有的传言,都不对。

赵音抬头,看了一眼厨师。

厨师的身体似乎在绷着。他垂下脑袋,说:她是个处女。

两个玉米棒子

上海青年赵利民带我进入一个农家乐小餐馆。他让我点菜。最后，他点了五谷杂粮——点心。

上海青年是个通称，指有当年在新疆支边那段经历的人。他现已六十五岁。显然，他常来这个"农家乐"。菜谱本里没"五谷杂粮"。

五谷杂粮，以玉米棒子居多。他说：当年，为了两个玉米棒子，我还出了洋相。

赵利民十五岁时报名进疆，好奇、单纯，怀揣梦想，来到了塔克拉玛干沙漠边缘的农场。

他说：第一顿，黄灿灿的苞谷面发糕，我误认为是蛋糕，吃起来刮嗓子。

没多久，繁重的大田劳动开始了。同样两百克（农场用公斤、克）一个的苞谷面发糕，在他的眼里，似乎发糕缩小了，胃口扩大了。而且，吃起来特别香，胃像个磨，很快就空了。

班长是个老职工，看出赵利民饿的样子，就悄悄地向他传授了个缓解饥饿的秘密。

水稻田不远有一块玉米地,赵利民多少次走过,都没结玉米棒子,他曾进去拉过屎。长长的玉米叶子像欢迎他——扇凉风。沙漠吹来的热风,到了青纱帐就凉爽了。

趁给稻子拔杂草的间隙,他跑进玉米地,像一泡屎憋得他受不了。后来,老班长说:你那样子,就像蛋憋在屁眼的母鸡,找窝下蛋。

收工后,赵利民到连队的食堂炉子,接了发红的木炭,装在脸盆里,带回寝室,把两根玉米棒子煨进炭火里。不一会儿,就不冒白气了——嫩嫩的玉米水分已烤掉。木炭的红也缩进去,缝隙里升起袅袅青烟。他闻到焦香味。他拨开炭火,玉米已煨烤得过分了,焦得发黑。

忽然,传来刘连长呼唤他名字的声音。赵利民把两个玉米棒子分别塞进卡其布裤子两边的袋内,把脸盆塞入床底。刘连长的身体紧跟着声音进来了。

刘连长了解沙漠稻田的情况。以前,赵利民的印象里,刘连长说话十分简短,还讨厌开会。别人向他汇报生产进度,他说,用不着铺,直接挑要紧的讲。可是,那一次刘连长特别啰唆,甚至,像田里漫灌——跑水,堵都堵不住。他好像特别关心起赵利民来,问些生活是不是习惯,给不给父母写信之类的问题。

赵利民已心不在焉,他要么回答是或不是,好或不好,甚至,答非所问。其实,是裤袋里的两个玉米棒子在作怪。玉米棒子吸收了炭火的热量,没来得及释放,仅隔了层裤袋的内衬,像炭火一样灼烫着他的胯侧,如同上火刑。他时不时抖动双腿,试图和玉米保持距离。

其实,刘连长每天都到田里检查放水的情况,可是,还是问个没完没了。

赵利民已闻到布烤焦的气味,只不过燃烧不起来,还携带着肉贴近火散发出的淡淡的气味。灼烫穿过皮肤,深入骨头。他额头出汗了。

刘连长查看了寝室,夏天说冬天的事儿,说:过些日子,这里打个火墙,今年冬天可能很冷。

赵利民忍耐着,几乎要主动"招供"——当然,他想,不能供出老班长。

这时,刘连长干咳了一声,标志着结束了说话,然后,一副胸有成竹的样子,转身离去。

赵利民脑子一片空白。他立刻掏出玉米棒子,还烫,他一摔,随即解开皮带,抚揉着大腿根部,接着他翻看裤袋。裤袋已轻易地裂开了。如果刘连长再啰唆下去,两个玉米棒子很可能漏出裤袋,沿着腿,从裤管坠落。

月光已流进寝室,像沉淀过了的清澈渠水。他捡起两个玉米棒子,忽视了黏着的尘土,啃起来。苦还是甜,却没有初始进炭火时散发出的鲜嫩的香味。

赵利民有记日记的习惯。1964年10月1日,他在日记里如是记载:烧苞谷为了充饥,是苞谷烫我还是我吃苞谷?这是我领教过的刘连长最啰唆的一次谈话。

第二天,赵利民放夜水。他望见一点亮从连队里移过来,光在放大,渐渐地,看见了一盏马灯照出一个人影,人拎着马灯,沿着引水渠埂径直过来。

夜色朦胧的田野,远远近近都是水声,水稻在带寒意的夜风中起伏,他能想象出绿色的稻秧。

马灯停在两人之间,照亮了两张脸。刘连长干咳了一声,给他一个包裹着苞谷面发糕的毛巾。

赵利民接过的时候,本能地要松手。毛巾发热。他以为刘连长又要开始啰唆。不过,这个夜里,他不在乎啰唆了。

刘连长说:是刚熘过的发糕,趁热吃。

赵利民说:这么黑了,刘连长,不好意思。

刘连长说:你还不好意思?

赵利民脱口"坦白"了两根玉米棒子。

刘连长说:烫得够呛吧?

他惊诧,说:刘连长,你当时看出来了?

刘连长说:还用看?我的鼻子又不是摆设。

似乎闻到发糕的气味,他肚子就叫起来。

刘连长说:我也挨过饿,肚子一饿,脑袋就开始想象。可是,小赵,嫩苞谷掰了可惜,成熟了再掰。

赵利民记得夜里坐在渠埂上,刘连长给他讲了黑瞎子掰苞谷的段子。刘连长还站起来,做着掰苞谷的动作:掰一个,夹在腋下,又去掰另一个……最后只得了一个。可是,整个地里的苞谷棒子都留在地里了。刘连长参加过抗美援朝战争,又从北大荒转到塔里木——追随一个喜欢的姑娘,也就是现在的老婆。

我和赵利民面前的桌上,摆着嫩玉米。他说:那时吃和现在吃不是一回事、一个味。

姚喇叭

上海青年姚一鸣是连队的文教。我们都希望他来采访。他来采访就得一起干活,边干边谈,相当于帮助干活,多了一双劳动的手。

我常常拖全班的后腿——完不成劳动定额。他采访的是"好人好事"——先进典型。何况,我是男性。除非我跑在全班的前头——超额完成劳动定额,可是,我心有余而力不足。

排以上干部(包括文教)没有劳动定额。连长、排长下了田,检查质量。比如,拔稻草,芦苇的根系很发达,简直像是跟大地拔河,要省点力气,加快进度,那就掐断接近泥土的部分,芦苇带一点白色的根,否则要拔出起码一尺长的芦根。连长明察秋毫,立即发现:你偷懒,你骗稻子,稻子哄你肚子,返工。所以,我害怕连长、排长"深入"田地。

文教姚一鸣不检查劳动质量。连长和指导员分工明确。指导员"抓革命",连长"促生产"。文教把"抓革命、促生产"落实到具体行动中:一是发现"好人好事",二是宣传"好人好事"。还包括及时汇总、统计当天的生产进度。

宣传"好人好事"主要有两个渠道。一个是团部广播站,我们连是农场的先进典型,几乎每天有我们连的报道。另一个是喇叭,逢了大会战、突击性劳动,田间地头安了喇叭。平时,姚一鸣用马口铁皮做的喇叭筒,在田埂上走动喊话。他的嗓子喊不哑,好像天生就是搞宣传的料儿。

好人好事,一般情况,由排或班推荐,但是,姚一鸣更在意由他发现苗子或线索。谁干了多少活儿,都反映在地里。他相信自己的眼力。

谁不希望被文教"发现"呢?因为,那涉及当时的荣誉和未来的前途。连长说过:要表现好,才能进步。

表现好就是能干活,能进步就是脱离土地。不过,表现好了,连长也舍不得放走 —— 让你进步。我没指望"能进步",因为我做不到"表现好",哪怕把吃奶的力气也用上。

姚一鸣"独具慧眼",发现了一个拔草能手,叫虞燕。虞燕身材不错,走路轻盈,就如同歌中唱的"小燕子……年年春天来这里……",她和姚一鸣是同一批进疆的上海青年。

冒出虞燕这么个拔草能手(她的手很好看,简直是绣花的手)。我想,她拔芦苇,不要让芦苇把她拔进地里去了。姚一鸣说是"采访",但像是编入她所在那块稻田一样。我们认为不公平,因为这等于两个人干了一个人的活儿。

当然,虞燕心气很高,总想领先,上工收工,两头都是月亮。指导员确实想在上海青年,尤其是上海女青年中树立一个先进典型。连长则从另一角度认可 —— 促生产的效果:女人跑到前头,男人能甘愿落后吗?

连队开展劳动竞赛,集体和个人分别有流动锦旗。两面旗帜都留在了虞燕那个女班。她是班长。

据说,姚一鸣的名字,取之"不鸣则已,一鸣惊人"。虞燕属于姚一鸣发现的"一鸣惊人",不仅团里广播站有"声",而且还在分管政工的副政委那挂了号。副政委是女性。

姚一鸣有文艺细胞,他受了革命样板戏"三突出"创作原则的启发,在"正面人物"(全体职工)里突出"英雄人物",在"英雄人物"里突出"主要英雄人物"(三个拔草能手),在"主要英雄人物"里突出"主要女英雄人物"。连长出面排除了姚一鸣帮虞燕拔草的异议。其实,我们已看出姚一鸣对虞燕有那个意思——爱上了她。

第三遍拔草结束,指导员推荐,副政委点名,虞燕作为"学习毛泽东思想积极分子",参加了巡回报告团。据说,报告的讲稿,由指导员授意(扶上马,送一程),姚一鸣执笔(一个通宵赶出了半个小时的演讲稿),突出"抓革命,促生产"的因果关系。拔草,其实是拔人,把人拔到一定的政治高度。姚一鸣的政治素养就由虞燕的嘴表达出来了。

巡回报告结束,副政委看中了虞燕,天时、地利、人和,破格提拔她为副指导员,到另一个连队上任。姚一鸣明显失落。背地里,我们说:煮在锅里的天鹅,高飞了,够不着。

有一阵子,传言姚一鸣要被调到团宣教股当宣传干事。倒是指导员被调到营部当教导员。不久,我听说,连长不肯放姚一鸣,说是不能拿走自己这个连队的"喇叭"。

背地里,我们称姚一鸣为姚喇叭。那个马口铁皮的喇叭筒他总是随身携带,形影不离——喊不破。有一回,连长说我吊儿郎当,可不能这么混日子了,要进步呀。我已经"油"了,说:连长,你有个口头承诺,要表现好才能进步,可是,你把文教卡住了,是不是说话不算数?

连长说:那也要具体情况具体对待,换了你,我一定放你走,前提是,你要表现好。

我自嘲,说:我是癞皮狗,扶不上墙,但是,我还是愿意接受姚喇叭来发现,姚喇叭从来没到我干活的地方来深入过呢。

连长说:你表现好,他自然会来。他来了,你就会进步。

我说:可惜,我爹娘给了我一个男儿身。

连长说:你就是怪话多,有耍嘴皮子的工夫,别让手闲下来。

手

上海青年苏彩霞舍身扑火救人的事迹,已在师部的报纸上刊出,仅仅是豆腐块那么大的篇幅。这类事迹在其他团场也有发生,也有报道,作为团里的通讯员,我知道,编辑也只能如此处理,因为这类报道多了,容易造成火灾频发的错觉。我事后跟踪采访,是打算找出闪光点,挖掘典型,深度报道。

苏彩霞,伤势严重。全身一半以上面积的皮肤烧伤,手和脸的伤势尤为严重。大面积烧伤的治疗对她是一个严峻的考验,何况,她仅十八岁。十八岁姑娘一枝花。她确实是她所在连队的一枝花,一个漂漂亮亮的姑娘。绷带已裹住了她的容颜。

据主治医生说,苏彩霞没有流过一滴眼泪,没想到她有那么坚强。她对医生说:先治手,后治脸,治好了手还能在广阔天地大有作为。

我注意她的手。那双灵巧的手,像烧焦的树枝。我知道苏彩霞常记日记。我期望在日记中挖掘出她英雄背后平常的闪光点。

苏彩霞不肯出示过去的日记。她说:我会在治疗期间坚持写日记。

平时的日记,可能有隐私。我期待她提供治疗期间的日记,这种境遇中记日记,本身就表现出她的革命毅力和崇高境界。

主治医生说:她积极配合治疗,而且,还用毛主席的教导激励自己,与烧伤抗争,毅力实在令人敬佩。

苏彩霞像一片绚丽的彩霞,她用两只裹着绷带的手夹着钢笔,每一天都坚持记日记。

1969年2月22日,她写道:今天是我接受第三次手术,又经过了一次严峻考验,我决心牢记毛主席的伟大教导,积极配合手术,取得治疗更大的胜利!每做一次手术,都距离战天斗地的时间近了一步!

扑火救人的事迹时有,但是,身残志不残,却是苏彩霞独有。2月27日,她在日记中写道:只有解放全人类,才能最后解放自己。一双残疾之手,也要为世界革命做出更大贡献。

我每一天傍晚都去一趟团部卫生院,卫生院还请来了师部医院的专家,组织专家会诊。我希望能在苏彩霞的日记中看到她治疗过程中的细节,不过,我还是偏爱豪言壮语——时代特色。而且,时代需要这样的英雄典型。

整形手术失败了。苏彩霞没有悲伤,没有气馁——当然,还看不到纱布背后的表情。不过,日记吐露了她的心声:手术失败了,但给医生积累了经验,我以自己烧伤的身体给以后别人的手术另辟一条通道,这也是为革命做出的贡献,可以让以后的伤员免受失败的痛苦。

我把苏彩霞三次手术的表现,赶写出一篇通讯,特别是摘录了若干篇她的日记,占了师部报纸的半个版面,这是我当通讯员的一次突破,最长的一篇。当年,我的通讯评上了年度奖。

农场也迅速做出了反应。团党委根据苏彩霞的申请和表现,批准她加入中国共产党。入党仪式在病房里举行。

苏彩霞的头部严实地缠裹着绷带,露出条缝,一双眼也难以睁开。她抬起缠着绷带的双手,要求医生解开脸上的绷带。已经听不清她说的话,但她双手的动作已显示出她的想法。

医生说:打开绷带对双眼的治疗不利。

她吃力地抬起缠着绷带的双手,在自己的脸上挪动。

医生只得用手术刀剖开她眼部周围的纱布。

就是这么一条缝,她的眼睛睁开了,却再也合不拢了。

第二天,我看到她的日记这样记着:我要亲眼看着我宣誓的党旗,看着毛主席像宣誓,要求医生打开眼前的纱布,我要看着宣誓。

我又写了一篇通讯《病室里庄严的宣誓》系列报道。上上下下反响不错。

团党委发了《关于开展向苏彩霞同志学习的决定》。这是我发掘出的英雄。随即我正式调入团宣教科,当宣传干事。有一次去卫生院,我见她大大方方地向来探望她的几个上海青年表演穿衣解扣,笑着用残疾的手。

她的面容历经数次整形已变得丑陋不堪,全身多处植皮,双手仅剩两个大拇指和食指根了。后来,出院,她留在团部后勤的菜地班。我已破格升任了宣教股副股长,当然是靠着我一支生花妙笔,推出植棉能手、水中救小孩等一系列先进典型(也称英雄)。我总是根据新的形势,发现发掘出"英雄",就像走马灯。

转眼1980年,上海青年返城热潮。一天,我听说苏彩霞自杀了。

遗物中,有病房日记和团党委提出要向她学习的文件。她的单身宿舍里,有安眠药的空瓶和炉中的灰烬(显然是日记本)。

她留了个字条:我终于明白自己不再是英雄,而成了社会的累赘,我这双手不能创造自己新的生活了。

我曾暗自得意发掘出"英雄"。不过,我再没报道过她,而是追踪新冒出的英雄。现在,看见炉中的灰烬和遗留的病房日记,我疑惑,病房日记是否是专门提供给我的,为了宣传需要?或者,严格意义上说,我促成了她使用那套语言写日记?因为要"公开"呀。她焚烧了永远不公开的住院前后的日记。

苏彩霞到菜地班后,我和她几乎没再见面,反省一下,我一直在寻找最新的先进典型。自从发了文件,她的故事就基本终止了。我仅仅是在食堂吃饭时,那菜,偶尔使我想到种菜的苏彩霞 —— 难以想象她如何用残手种菜。

突然,屋里一暗(其实是渐渐地暗下来)。窗外的远处,太阳已西沉,同时,收敛了绚丽的晚霞。缀在天幕上的星星闪烁着。

红灯记

上海青年刘诗佳说:不是革命样板戏的《红灯记》,而是红灯牌收扩两用机,当年,也就是1972年上海最新的一款产品。二十三连学校的刘校长也没见过,因为,她已多年没回沪探亲了(上海的世面我不灵了,她说)。

刘校长叫刘诗佳,她是1965年支边的上海知识青年。二十三连是农场最偏远的农业连,挨着沙漠。1972年我下连队接受"再教育",地里干活,抬头就能看见沙漠里的胡杨,属于"胡杨千年不倒"的那种。枯死的胡杨跟沙漠的颜色差不多,各种各样的姿势,一片挣扎站立的壮烈景象。第二年我被抽调到连里的学校任教。

当时,是刘校长一手创办的学校。没有用电发响的物件。集合,出操,上课,要么吹哨子,要么敲钟,钟也是报废的一片犁铧。场部号召搞勤工俭学的创收活动,刘校长借鉴在上海念中学时的经验,号召学生收集废品:酒瓶、胶鞋、布鞋(已到了不能再穿的程度)、废弃的铁器,还有头发、指甲(据说是电影胶卷的原料)。各个教室里堆了几个可回收物品的麻袋。三个班级还举行了为期一个学期的回收竞赛。墙报上还同步公布回收的成绩表。

刘校长用自己的一部分工资设了奖,是铅笔、本子、橡皮擦、图书之类的奖品。

那年暑假,刘校长向连里借了拖拉机,恰好连队要进城里的师部去拉尿素,派我押车。刘校长给我一张采购清单——下个学期需要的教学用品。

城市离农场有近六十公里,我还是第一次进城,见那么大的世面,我发呆地朝天上望,转动着身体,没见过那么多高楼(多年后我迁回内地,第一次进城所见的高楼,最高不过四层,真是小巫见大巫了)。还有眼花缭乱的色彩:路灯、招牌等。

回收站,分门别类的一个个麻袋,过了磅秤,结算下来,有一百八十多元。我还没一下子捏过这么多钱,总担心一阵风吹过来,它们会像蝴蝶一样飞走。我每月的工资三十一元零八分。我纳闷怎么带个八分的零头。刘校长告诉过我,那八分是邮资。当时航空信要贴八分邮票,农场的职工,故乡都在口内。有一次,我为妈妈代笔,给上海的舅舅写信,我就想象信飞翔的情景,越过沙漠、戈壁、天山……因为是航空信,信乘飞机。我只见过农场喷洒农药的农用飞机。

我拿着采购清单,进了一个据说是最气派的商城。我被音乐吸引过去。于是,我的目光落在了红灯牌收扩两用机上。大概我的眼神过于专注,透出一种向往(我尚未谈恋爱,后来,刘校长说:那是热恋的目光),女营业员给我介绍造型、音色、功能,还调试收音和扩音。

采购清单已塞进口袋。"红灯"的售价是一百七十六元。适合没有交流电的连队学校。可能是女营业员的热心、耐心使我到了不得不接收的地步,也许是学校能够接收遥远的电波,能够改变学生精神世界……总之,我掏出已沾了我热汗的一叠纸币,去掉零头——先斩后奏。女营业员找了我四元,然后,微微一笑,笑得温暖。我也回了个笑。

返回连队已傍晚,我望见枯死的胡杨,却是一种充满生机的景象。胡杨如同雄鹰展翅,或挺胸站岗,或两棵挨近的胡杨,像一对恋人在说悄悄话。一个个地窝子,则似坟墓,唯有空旷的一排土坯屋——教室里突然冲出一群小孩,这仅仅是我的幻想。

我把"红灯"抱到刘校长家,刘校长接过,像看到上海的亲人。她竟然没有追究采购清单列出的教学用品。

第二天,刘校长通知连队里的学生集中。记得收听了中央广播电台热播的小说《闪闪的红星》。学生们的眼睛真像沙漠夜空中闪烁的繁星。刘校长还对着"红灯"讲了话,她的声音经过扩音,响彻了操场。仿佛沙漠里的胡杨也保持了聆听的姿态。

随后,学生们自动来校。听了《闪闪的红星》,也好奇地对着"红灯"说话,奇怪"红灯"怎么能把声音放一遍,一模一样的声音,是他们自己的声音。

暑期教师学习班,场部分管教育的副政委、宣教科科长,批评了刘校长,农场的教育工作会议,又重点地批评了一遍。好像由"红灯"录放。那个调子我记得:二十三连学校,规模最小,气派最大,买了收扩两用机,不像话。这个"红灯"是反面典型,啥都落在后边,这个"红灯"却跑在前头。

我擅自做主给刘校长带来了麻烦。我说:刘校长,对不起,我生病,让你吃药。

刘校长说:"红灯"给学生们带来了欢喜,我挨批评也值了。她叮嘱我不要出头露面,因为,我是临时借用的教师,而她由场部任命。

为此,宣教科赵科长催促、督查"红灯",还限期处理,不然要就地免她的职。连里的指导员关心时事政治,"红灯"转让给了他。开了学,我在学生们的脸上看出了失望,还有向往。总以为"红灯"随时可能出现,学生们保持着听《闪闪的红星》那种姿态和表情。

学生互相之间模仿说话,一个说完,另一个模仿,模仿"红灯"。看谁模仿得最像,甚至还在模仿者的鼻子上揿一下,仿佛鼻子就是按键,标志着"红灯"在场。

我厚着脸皮去指导员那借过一次"红灯",他要带队进沙漠的胡杨林去砍橡子。学生们还以为"红灯"归来了。一个教室挤不下,只能搬一张课桌,到操场。为此,那三天,专门调出一节课,刘校长批准为大课,收听《闪闪的红星》。

这事,不知怎的,传到场部,赵科长特地来了一趟,说:这是死灰复燃。他追查刘校长的祖宗三代,说是把上海滩不正的东西带到学校。幸亏刘校长的父辈、祖辈成分过硬,是码头工人。码头工人怎么给她起了富有诗意的名字? 思家的谐音。

寒假,刘校长终于回沪探亲,提前写了信,让父亲购买"红灯"。学生常来打听刘校长什么时候回来,还酝酿着去场部接,有个学生的父亲是拖拉机手。

覆盖着沙土的嫩叶

上海青年魏荷与何为在1970年6月27日,也就是进疆七年后,领了结婚证。本该两人并合,却还是分开,分别住进集体宿舍——地窝子。

他俩考虑到新建的连队离团部有三十多公里,顺便到团部打了结婚证。然后,乘拖拉机,来到了塔克拉玛干沙漠的边缘,按照"先垦荒后生活"的要求,提前抵达的各连队抽调的骨干,已挖好了地窝子。

第一天,魏荷料不到,到处都是红柳、胡杨、沙丘,可是,"早请示,晚汇报"仍然雷打不动。向地窝子里挂着的毛主席画像早请示。跳了"忠"字舞,上工,唱着"语录歌"收工。晚饭后,对着毛主席画像晚汇报。想着男宿舍里的何为,她站着打了个瞌睡。要不是同宿舍的女青年提醒她,还要请示呀,估计她还像木桩一样立着。

第二天是大礼拜(农场规定每十天休息一天)。张连长叫她。连队有个地面上唯一的建筑:木结构,胡杨树为材料。她看见何为已在。

张连长说:领了结婚证,就等于结了婚,是我工作没做好,新郎新娘住集体宿舍不大合适,可是,也没空闲的房子。

魏荷脸一红,说:我们过惯了集体生活。

何为补一句:我们能克服暂时困难。

张连长是位战争年代过来的老兵。他说:这不是等于没结婚吗?结了婚,两个人就要睡到一块儿。过几天,我也要把老婆接来呢。

魏荷的脸又加一层红,嘀咕说:大家都在垦荒。

何为连忙说:感谢连长关心。

魏荷瞥何为一眼,仿佛说"你急啥?"

张连长咧开胡茬包围的嘴,笑了,说:今天休息,我派了几十个人挖地窝子,为你俩盖个新房。

他俩跟着连长到了几棵绽出绿芽的胡杨树旁,已经有人,挖沙土的挖沙土,砍胡杨的砍胡杨,平沙包的平沙包,扎抬把子的扎抬把子。

太阳悬在中空。一人多深的长方形地窝子已成形,向东,留出一个缓坡的门道,地窝子上搭了几根树干抬。

铺了苇把子,再撒上一层树叶,覆上一层沙土。四个桩子作为双人床床脚,几根棍子串联红柳编成的大抬把子,上边铺了张羊毛毯子。

连长还让魏荷、何为躺上去试一试,看魏荷脸红,说:这有啥不好意思。好,一起坐上去,考验它能不能承受得住。

魏荷羞得低下脸。何为忙说:不用试了。

张连长说:要是支上蚊帐,这床,就像新娘出嫁的大花轿了。

坑壁掏了个小方洞,放入一盏煤油灯。还用沙枣树刺,将一幅年画钉上墙。画里,一个笑嘻嘻肉嘟嘟的小男孩。连长像变戏法一样,放好钉好,然后说:就等着你为我们这个新连队增加革命后代了。

文教建议挂一张毛主席画像。

张连长脱口说:小两口的事,还是……还是统一上集体宿舍早请示晚汇报吧。

夜幕降临,点起煤油灯。魏荷拿出两天前在团部商店购的水果糖(其实,她等待着正式的结婚仪式)。她想不到,一盏煤油灯亮得出奇,因为,照亮了每一张脸。亮光和笑容融合在一起,要不是连长提醒,还不知闹到什么时候。

张连长说:不是联欢晚会,是洞房花烛夜。人家两口子有自己的事情要干,你们还赖着不走呐?

地窝子里突然宁静下来。何为说:我们终于脱离了集体生活。魏荷说:张连长简直是个炮筒子,说话那么无遮无拦。何为说:沙漠地带就该那样生活。魏荷笑着说:你就希望他那么说,是哦?

说了多少话,什么话,两人已记不住了,但是,沙丘上打来的柳条,编织的抬把子,搭的地窝子里双人床,确实很牢靠。还有,地窝子里有一种新鲜嫩叶的气息,她认定那气息是绿色的。他甚至说我闻到花开的味道。什么时候灯熄了,是人吹,还是风吹? 小小的天窗,星星在闪烁。什么时候入睡? 不知过了多久,一阵沙沙沙的声响惊醒了魏荷,沙土纷纷落下,像面粉袋子破漏了一样。头顶的地窝子顶上有什么在敲,或什么在踩。

何为被她推醒,披上衣服,冲出门。沙漠尽头的地平线,已露出鱼肚白。何为带着一股寒气返回床上,告诉她:一头身上有白点的马鹿,在他走上门道的斜坡时,似乎他从地下升上去,马鹿灵敏地奔向沙漠,留下一溜烟尘,消失……融入茫茫沙漠黎明前的夜色里,神秘的夜色。

魏荷立刻起床,像要证实什么。因为,何为在讲述的过程中紧紧地搂着她,好像她是那一头敏感的马鹿。两人手牵着手出去。屋顶,也就是地窝子上边,像盖了印戳,布满了好看的蹄印。马鹿一定是拱开沙土(闻到了沙土下边的叶子),吃沙土覆盖的树叶。胡杨树的叶片还保持着新鲜的嫩绿。她记得,开垦过的荒原已播下了种子。

新疆民歌

上海青年李维华分到副业连，离团部仅两公里，每个大礼拜他都要上团部。在上海，他喜欢逛街。团部是农场最繁华的地方，说繁华，不过是一条短短的街。过了跨在排碱渠梁上的木桥，直对三百米远的团部三层楼（农场最高的楼），先是两旁夹道的林带，接着就是商店、邮局、影院。

李维华寄了信，然后进露天影剧院刘永乐那里。刘永乐和李维华同一批来疆，他能唱会跳，留在团部文工团，每一回，给李维华下挂面（上海寄来）。李维华差不多把团部的脸都熟悉了。他喜欢听刘永乐唱歌，唱的都是些新疆民歌。但是，这类歌，在公开场合、正式演出时不唱。

李维华就想象歌中的美好。六年后，也就是1970年，李维华争取到了回沪探亲的机会。刘永乐所在的文工团已改称"毛泽东思想宣传队"，他已是主唱演员了。其实，队长早已许诺，让他探亲，他等着与李维华结伴同行。

那时远行光带钱还不行,必须要有粮票,而且是全国粮票。凭团部开出的探亲证明(介绍信)换取全国粮票,解决途中的吃饭问题。当然是按路程和时间核定数额。而新疆区域的路程,给新疆粮票。

有了积蓄的钱,领了粮票,到第二天才有去拉货的卡车,李维华在刘永乐的寝室住了一夜。寝室在露天影剧院的大舞台一侧,放道具。道具中放了一张床。两人挤一张木板床,李维华总觉得木板床承受不了额外的负荷。不过,他突发奇想:改变探亲的路线,他提议,趁机去刘永乐唱过的民歌的"发源地"——冲着民歌产生的地方走一走。

随身就是个帆布旅行包,他俩到了乌鲁木齐,乘长途汽车,上达坂城和吐鲁番,顺路游览过了,可以在吐鲁番——大河沿乘去上海的列车。

料不到,达坂城仅一条街,土不拉几,一点也没有《达坂城的姑娘》所唱的那样……现实让李维华失望。不来,还保留着美好向往。

刘永乐说:未来的希望和现实的失望。新疆民歌,有一个特点,唱的都是现实中的缺失,也因为缺失,才要我们努力去实现。

李维华观望着街上过往的姑娘的脸,说:没有一张脸符合民歌……那个人怎么会编出这么好的歌?

刘永乐说:我想,是不是一个男人,在沙漠里迷失,终于发现了达坂城,当然,他眼中达坂城的姑娘就是那么美丽。

到了吐鲁番,李维华似乎在寻找阿纳尔汗,甚至依据歌中所唱的眉毛、眼睛、腰身去对照现实中的姑娘……可是,到了大河沿火车站,现实的问题将他从歌里拽了出来——粮票没有了。用完了新疆粮票,还用了一些全国粮票,应该还有剩余,很可能在哪儿丢失了。

火车票很紧张,购了三天后的火车票(一张有座,一张无座)。这倒不难,三天四夜,两人可轮换坐。可是,没粮票等候车,得饿三天肚子(不算列车上的时间)。

两人商量,私下里买粮票违法,向人家讨,谁会给?

李维华说:我出去一下。

刘永乐以为他上厕所。一刻钟后,两个穿制服的陌生男人来了,说:你叫刘永乐吧,跟我们来,带上行李包。

都是来来往往的过客,竟有人点出姓名,刘永乐感觉不妙。他看见派出所的牌子,随即,又看见门里的李维华,坐在一把椅子上。那椅子似乎随时要散架,反抗坐它的人,发出响声。

穿制服的人要刘永乐拉开包,检查,然后询问。旁边一张桌有人笔录。

探亲为什么不走固定的探亲路线?刘永乐说:我们走民歌的路线。甚至,还要他唱民歌来证实,唱得在场的人一脸缓和,有个青年差一点鼓掌,被所长狠狠瞪了一眼。所长又绷起严肃的脸,说:知不知道,现在要唱革命歌曲。

刘永乐说:知道。

当然,刘永乐和李维华的"坦白交代"相互吻合。

穿制服的人(是所长)指指李维华,说:这个小伙子,向别人要粮票,群众警惕性高,及时来向我所报告了。

刘永乐庆幸包里没有违禁物品。出了派出所,他埋怨李维华,说:我们差一点不能探亲了,人家把我们当坏人呢。

李维华说:没粮票,饿肚子,我是受不了了。

刘永乐说:饿肚子也不能违反法规,被扣留了,农场来人领,我还能在宣传连队待吗?

李维华说:反正,我到底了,跟地斗其乐无穷,总不能驱赶到沙漠里吧?

两人在火车站附近毫无目的地走(刘永乐说是绿头苍蝇)。忽然,李维华看见一张熟悉的脸,但他叫不出名字。刘永乐的目光顺着他指引的方向,有了惊喜。过后,他说他几乎要唱《东方红》(因为歌词中有大救星)了。

那是团供销股的副股长刘星。他来大河沿装货、押车——日本尿素。李维华所在的连队使用过,肥效"立竿见影"。

刘星听了他俩的遭遇,笑了,立即支援了九张全国粮票,说:你们喜欢,喜欢喜欢也就算了,还探了个究竟,麻烦来了吧?那些歌能哄肚子吗?

李维华心里有什么一下子灭了,就像充了气的气球,被戳破了。

刘永乐说:回农场,我单独给你唱新疆民歌。

刘星说:我家的房子大,欢迎你来唱。

那天晚上,他俩填饱了肚子,脑袋就活跃起来。躺下,不响,没开灯(灯泡有麻麻点点的蝇屎)。李维华知道刘永乐也没入睡。不过,他想象家庭演唱会,刘星一定会用毯子蒙严窗户,不让歌声漏出去。

人 皮

上海青年程志远竟然跟我谈起哈姆雷特。他说:一千个观众眼里有一千个哈姆雷特。

然后,他话题跳跃式一转,提起人皮。他说:同一种物件,不同的人有不同的理解,同一个人,在不同的年龄,也有不同的理解。

我想到父辈,二十世纪五十年代初——屯垦戍边,那时,一年发一套军服,夏天只好把棉衣棉裤里的棉花掏出,充当单服装。可是,垦荒,出的汗盐分大,战士舍不得服装就"赤膊"开荒。都是清一色的男人,在塔克拉玛干沙漠的边缘。有一个来自口内农村的战士说:爹娘给我一个身体,保护着身体的皮,脱了一层,还会再长,可军装就只有一套,禁不住磨。

我在上海知青联谊会上跟程志远相遇。他的脸上留着塔克拉玛干沙漠的颜色和皱纹。1966年,他高中毕业,仅十八岁,报名参加支援边疆建设。他比别人多了一项"可教育改造子女"的帽子。他以这种方式与"资产阶级"家庭划清关系。其实是父亲的家庭成分高,不过,父亲在新中国成立前也离开"家庭",投身了革命。

1970年夏,阶级斗争的弦绷得还很紧。母亲来信告诉程志远,父亲已"靠边站",在接受劳动改造。

程志远在农场一个先进典型的连队,主要种水稻。农场场部为了保障这个连队的"先进",组织了拔水稻大会战。来自农场各个连队的职工会集到程志远所在连队的稻田。

程志远报名参加了突击队。农场提出口号:多流一滴汗,多打一粒稻。程志远加了一句:多脱一层皮。

程志远说:为了在"广阔天地,大有所为",他不戴草帽,只穿背心,表示战天斗地的革命决心。

沙漠地带的烈日很厉害。三天下来,他的皮快晒得黝黑了,脱下背心,背心的痕迹像投影留在身上,黑白分明。他的肩上、背上晒起了一层水泡,水泡瘪了,像盐碱地的碱壳,脱起了大片大片的皮。

大会战结束,程志远所在的突击队获得了优胜锦旗。一天,他终于有了空,给母亲回信。写着写着,他随手揭下一块巴掌大的皮。当时,他觉得好玩,何况,他很自豪,似乎"脱了一层皮",就是改造好灵魂的标志。

程志远忘不了信中转告父亲一句话:要爸爸好好接受改造,改造资产阶级思想,重新回到无产阶级革命队伍中来。

他将信装入信封的同时,顺手把他那张皮肤也叠装在信上,然后交给连里的文教带到场部寄出。寄出后,他就忘了"人皮"的事。脱了一层皮,又长出了新皮。

我于1974年高中(农场职工子弟学校)毕业,接受"再教育",被分配到程志远所在的连队,我不知道有过"人皮"的故事。那一年,程志远第一次回沪探亲。

程志远说:妈妈来上海火车站接我,一见面,就检查我,好像担心我身上缺失了什么一样。

父亲已恢复了工作,很忙碌。程志远半个月的探亲假结束,父亲提出要送送他。母亲不愿亲临送别的场面,只是给了他一顶草帽。

候车室里,父亲说起那张"人皮",说:你妈妈接到你的信,那块人皮已缩得只有核桃大小了,人油浸透了信纸,还从牛皮纸的信封里渗出来,像裹大饼油条的包装纸。

程志远引以为豪的"人皮",到了母亲那里,却是哀伤。怪不得母亲检查他,像检查"易燃易爆"物品那样。同一物件,反应截然相反,程志远又一次对我说。可是,在沪期间,母亲一次也没有提起过"人皮"。

候车室里,父亲说:你妈妈收到你的信,不知道掉过多少次眼泪。

程志远终于知道:我那么不懂事。

父子告别的那一刻,车窗里他探头时,看见父亲的眼眶里盈着泪花。他第一次看见父亲的泪。

现在程志远的父母已逝世。我还记得,程志远探亲返回农场,我第一次吃上了上海的"大白兔"奶糖。放进嘴里,那么软那么甜,只认为上海好,我有个舅舅在上海。

一条懒虫

上海青年懒虫碰上了大麻烦。

懒虫,非虫,是贾大为的绰号。主要指出他懒惰,而且,他嗜睡,瞅着机会就打瞌睡,似乎永远睡不够,像冬眠的虫子。

还有,他会偷懒。比如,拔稻草,芦苇的根系很庞大,把根拔起,就像跟土地拔河。手心往往勒出口子、血泡。贾大为只掐断泥和水之间接近根以上的芦苇。再比如,推熄火的轮式拖拉机,他摆出使劲的姿势,混在几个推的人中间。

唯有连长能看出他偷懒,说:力气不往地里使,庄稼怎么长得好?考虑到懒虫会像虱子一样"传染",连长调他去机务排,治一治懒虫,说:改掉懒,你大有可为。

他当了副驾。可是,师傅很严厉,把他差得如磨坊的毛驴——团团转。

1970年,春耕春播前夕,保养拖拉机。师傅叫他去团部旁边的保养间(修理连)取一个零部件。他在保养间吃了午饭,一个小时就能返回。太阳当头,穿过一条林带的时候,懒虫趁机爬出来:回去了又要围着拖拉机转。不管怎样,到了春耕春播的时候,师傅一定会叫拖拉机进地。

懒虫选了一棵沙枣树,靠着树干。麻雀在树枝间追逐——找对象,筑雀巢,根本不在乎他。他在叽叽喳喳的叫声中,舒舒服服闭上了眼。醒来,林带已弥漫着夜色。他担心师父训斥,就在离连队机务排一点点的地方,开始奔跑,掮着沉甸甸的零件,到了拖拉机跟前,他已大汗淋漓、气喘吁吁。

后来,师傅说:我一看他的眼睛,就知道他睡过了,我没点穿他。不过,当时,懒虫暗暗得意,瞒天过海,睡了一觉。

但是,来了大麻烦。懒虫在林带里睡觉的时候,团部政法股给连里打来个电话。保养间的一台车床侧面发现了反动标语。经过排查,懒虫到过那个车间,而且,懒虫的家庭成分是地主。

接电话的连长,立刻配合政法股,关押了懒虫。还让他用粉笔写几个字,和车床上的笔迹不相符。

车床上的反动标语,弯弯扭扭的字体,像出自小孩子之手。保养间没有围墙,常有职工的孩子进进出出,到处乱窜。可是,还是锁定了懒虫。小孩怎么有那么大的胆量?

阶级斗争的弦紧紧地绷起。那个年代,发现了敌情,都想挖出揪出,不但能立功受奖,而且,表明政治觉悟高。

办案的起点是怀疑,不能停留在疑点,关键是口供。懒虫无疑是害虫,却不承认。两个审讯的人有冬天烤火的经验——叫他戈壁滩烤火,一面热。

生铁的炉盖烧红了,摁着懒虫的脸,离炉盖上方一拃高。懒虫厚脸皮(连长说他脸皮厚,虚心接受,坚决不改),脸上几乎像烤羊肉串一样发出响,烤得懒虫嗷嗷叫——杀猪一样。挪开,稍等,又烤。三个来回,懒虫就扛不住了。

他说:你们要我说啥,我就说,你们要我认啥,我都认。

而且,他还在口供上按了手印。

师傅特意去了保养间,看了那棵沙枣树,出面为他做证:在树林里睡了一觉;笔迹对不上号。懒虫说:师傅,算了,再烤,我就烤煳了。

政法股办案人认为贾大为的师傅阶级立场有问题——穿一条裤子。师傅进了"学习班",接受思想改造。

他没料到,判决下来,为现行反革命分子,八年有期徒刑。他进了监狱。

随后,又出现类似的反动标语,一查,确是小孩所为,小孩声称好玩。看见大人们忙碌,小孩觉得像捉迷藏,大人找不到,小孩就来劲了。

但是,贾大为的案子,已经铁板钉钉,谁要出面翻案,都是阶级立场有问题。

五年后,贾大为被释放出狱,没告知提前释放的理由,也没宣布平反,只是恢复他职工的身份,仍旧跟师傅的那台拖拉机,当副手。

师傅替他不平:不是你做的事你承认了,现在,你该讨个说法。

他说:师傅,能提前出来,我够满足了。算了吧,我认倒霉。

师傅说:你呀,懒虫还没灭掉。

他说:我懒得再折腾了,省得麻烦,把你也牵连进来。再说找谁呢?升的升,调的调,谁会管我的麻烦?

稍有空闲,他就打瞌睡。早先,他睡觉,不打呼噜,现在,呼噜打得像响雷,像长途跋涉——疲惫不堪。有时,连队点名(晚饭后开会),他的呼噜不失时机地响起,师傅捣捣他的胳膊,说:大家不听连长讲话,都在看你打呼噜呢。

他像吃了什么美味,动着嘴巴,看周围,说:有什么好看的,我又没开花。

他明显的变化,是沉默寡言,能用动作代替,他绝不说话。冬天,他不生炉子,哪怕宿舍里冷得像冰窖(他有了单独宿舍)。有一次师傅来,问他咋不生煤炉,他说:我不怕冷,就怕热。

师傅给他介绍几个对象,女方嫌弃他——有五年的劳改经历。他说:师傅,你的好意我领了,我已经习惯一个人过了。

1981年返城——回沪前,他还是个副驾,但已能单独操作了。离开了农场,告别了师傅。第二年,师傅接到他的一封信,其中表达怀念师徒之情,还写道:我懒得再动,要冬眠了。署名:一条懒虫。信封邮戳时间的第二天,就是他病故的那一天。忧郁成疾。

鼠

上海青年田强搭了连里送稻子的拖拉机,1971年冬的一个早晨,来到团部,没等多久,就望见班车像喝醉啤酒似的,摇摇晃晃从路上过来,车尾卷起一滔沙尘。这条路通往城里,他的心,已装上城里的长途班车(临走前,他告诉我的,他的心已飞向上海了)。

太阳已从沙漠尽头的地平线上升起。他拎起帆布包。这时,有人拉了他一把,说:田强,连里找你有事。

田强说:我已请了探亲假了。

那个人是团部政法股的干事。田强发愣,一个陌生的面孔怎么叫得出他?何况,他从没跟政法股有过关系。干事夺过他手上的帆布包,他追着包,进了一辆吉普。吉普车立刻开上他来时的机耕路。车窗外尘土弥漫,像裹着车。

田强知道,吉普车出现,一是团首长,二是有案件。他还是第一次乘吉普,他看见干事一脸严肃的样子,就掏出电报,试图说明电报和探亲的关系。

干事说:指导员打来了电话,你现在坦白还来得及。

田强拍拍帆布包,说:坦白什么?

干事说:你昨晚做了什么?

田强说:睡觉、做梦,梦见了我回到上海,父亲在医院里。

这里,要说一说田强的长相,他个头小,胆子小,眼睛小,双目炯炯有神,是那种精明和狡黠的眼神,加之他夜晚喜欢散散步,还贪点小便宜(偷瓜偷菜),还打着光棍。看惯了样板戏里鲜明的正面和反面人物的职工,就说他贼眉鼠眼、胆小如鼠。生肖属鼠加强了他反面形象的色彩——绰号田鼠。

有一次秋收后,职工的小孩捡稻穗,弥补定量不足。田强喜欢细粮(大米),他掘开一个鼠洞,洞里发现了稻粒,有五公斤。可是,别人都笑他掘了自己的赃物,因为他属鼠,跟田里的老鼠合谋侵占公家的财产。

指导员开门见山。昨晚连部放全国粮票和布票的抽屉被撬,要田强从实招认。还推理:批准你探亲,你就顺手牵羊。而且说:坦白了,就放你探亲。

我们不知到底是怎么审讯田强的,也不知田强到底怎样的心情,反正,太阳落下,他就招认了。当然"赃物"他没有。他说:粮票、布票,我已在团部出手,换了钱。

田强把跟我借的钱也交出,充当"倒卖"粮票、布票的钱。他死后,我知道了这个"坦白"。

田强已跟连队的一位老职工的女儿有点意思。他打算带些"上海的东西"回来,加固恋爱关系。甚至征求过我的意见:送女方什么好？半导体收音机,那时很时髦,尤其是上海产,农场职工很向往。

第二天早晨,噩耗传出,田强自杀了。半夜,他避过监视——那个看守他的文教打瞌睡了。他竟然在连队打稻场的一个棚子里,上吊自尽。护场职工的狗先发现。他的嘴角还拖挂着结冻的唾沫,身上穿着绿色的棉袄便服。

连里的卫生员赶去施救,他捏住田强的屁股做示范,叮嘱:不要漏气了。卫生员当即给田强做了人工呼吸,竟无反应。

棉军便服的贴胸口袋里,有一张姑娘的照片(他带回去给家人过目)。有一封遗书,是用坦白交代的纸和笔所写:爸爸妈妈,我让你们失望了。我没偷粮票、布票,是逼我承认的。我承认了,就什么都完了。

没有开追悼会。连里的木匠赶制了一口棺材。指导员给他穿了一套崭新的军便装,单的,还戴了军帽。那时,农场流行军便装。埋在绿洲和沙漠的接合部:十三连。

十三连是农场坟地的代名词——死人的连队。没给田强立墓碑。我听见有人说:田鼠畏罪自杀。有人说:他终于做了一件胆大包天的事情。

从田强的表现,逻辑上推理,罪名都站得住脚。但是,我相信田强遗书里的话。何况,人之将死,其言也善。起码,他吐露了无奈的真情。

三天后,早晨,指导员开锁进办公室,他发现门背后的地上,有一沓粮票和布票。数额跟失窃的相符。

不知那个半夜将赃物还回的是谁。也想象不出田强之死,造成了那个贼怎样的内心纠结。一定是良心发现,还田强一个清白。很可能是我眼中某个"正面形象"。

那年,党章明确的接班人——副统帅在境外坠机身亡,连里传达之后,我们不敢出声不敢相信,仿佛在考验"忠不忠"。田强之死却发生在我身边,我反感黑白分明,非此即彼,以貌取人。

田强瞒了我一件事:其父没有病痛住院。那个加急电报,是田强托姐姐发来。不是"特殊情况",连领导不可能也没有这么快批准田强探亲(提前探亲)。

我的探亲假够时限了。指导员委托我将田强的遗物捎回沪。我踏上了田强没走成的路途。我的父母和田强的父母,在同一个巷子里。

田强的姐姐已结婚,瞒住了弟弟之死,她担心两位老人受不了。其父心脏不大好,其母长期失眠。我先去田强的姐姐家,商量怎么说为妥。

田强的姐姐告诉我:弟弟死的那天清晨,母亲起得很早,是哭醒的。母亲做了个梦,梦见一只老鼠,被鼠夹夹住了,还活着,有几个人拿起鼠夹往水桶里浸,淹死了鼠。母亲就打电话叫来田强的姐姐,说田强死了。

当时,城市的楼房朝东的墙面已有晨光了。田强的姐姐还安慰母亲,梦反,太阳出来,把你的梦融化了。

一记耳光

上海青年杨小和是个闷葫芦,难得开一下口,一开口,就挨了一记耳光,而且是同为上海知青的姑娘的耳光。

1972年,农场各个连队组织了青年骨干,趁冬天大兴水利,就是挖排碱渠。农场称之为大会战。其中,三十多个上海青年,住在荒野的羊圈改造成的大草房里,只不过利用了羊圈的土围墙,搭起檩、梁、椽,盖上稻草顶,压上土坯。用木板将大草房分隔为两间,半边住男,另半边住女,地铺也是稻草。一个用汽油桶改制的大火炉,延伸出铁皮管散热,推到姑娘的那半间。

这是照顾上海青年,其他职工则住帆布的帐篷,保温差。挖排碱渠是个重体力活,两头不见太阳。不过,各个连队的三十多个上海青年,难得相聚,就不嫌累。晚上,聚在一起,天南海北地聊。话语营造出的气氛,能抵挡天气的寒冷。特别是男的,嘴里时不时地蹦出不雅的脏话。

杨小和不参与说话,他只是听——一个老实的听众,负责听,同时他的表情会根据别人的话语做出适当的反应,或会意地笑。他关注炉火,会把握时机往炉中添一铲煤,让轰轰的燃烧去鼓励别人说话的热情。似乎炉火和话语有密切的关系。当然,他听见脏话,表情就流露出佩服,别人能这样毫无顾忌,而他说不出口——自愧不如。

姑娘反感——脏话涉及女人。刘佩新留着齐耳短发。杨小和暗自关注她,她的短发和她的性格相符,那么利索。只是她从来没看过他一眼,似乎他根本不存在。他也想发出声音,引起她的注意,但不知如何说,似乎话从别人嘴里说出那么恰当,可换了他说,就别扭了。

刘佩新说:狗嘴里吐不出象牙,不嫌脏呀。

说脏话的男的装出一副无奈的样子,说:你有本事,管到我的嘴,它要往外吐,我也拿它没办法。

刘佩新说:我代表姑娘,提出一个建议,谁再吐脏话,就要受罚。

那个男的说:好呀。

杨小和脱口说:说一句脏话,罚一个馒头。

刘佩新说:你就知道吃。

杨小和咬咬嘴唇,第一次开口,就遭受打击。他掀开炉盖,狠狠地往里添了一铲煤。

那个男的说:考虑到挖渠体力消耗大,饭票很紧张,还是换一种方式,打耳光。

于是,男男女女像表决一样,举起手。杨小和也举起了手。接连三天,大家在炉子周围说得热情高涨,似乎永远有说不完的话。

杨小和恢复了听的状态,他的目光在一张一张脸上巡逻,那些脸像是向往着遥远的上海。他看见那个常常说脏话的同乡,突然捂住嘴,像被什么噎住一样,然后说:我差一点要挨耳光,幸好我及时闭上了我的臭嘴。

刘佩新笑了,说:看来,约法三章,初见成效。

杨小和羡慕那个笑,笑得像一朵花开,要是朝自己笑就好了。他觉得自己在说话的外围徘徊,多么迫切地想要置身其中,亲身体验那种温度。谁在说,别人的目光就投向谁,而且,一个人的话,又引出另一个人的话。他终于憋不住了——可能他已经听得很多,有了积累,就像放屁,难以控制。他脱口套用了不知哪里听来的一句脏话,跟那个说脏话的男的不一样。

顿时,像一个猎人潜入鸟语的森林,被发现,大家戛然而止,目光像蛛丝一样缠在杨小和身上。他愣住了,似乎承受不了如此关注。

刘佩新站起,过来,挥手。

杨小和的脸颊,响响的一声。

所有的人都愣住了。那个讲过脏话的男的说:终于有一个人破了规矩,不鸣则已,一鸣惊人。

刘佩新转身进了姑娘住的那半边。

杨小和捂着脸,自语:骂人不揭短,打人不打脸。

那个讲过脏话的男的说:你终于沉不住气,跳出来,替我承受了一记耳光,一记响亮的来自女人的耳光。

杨小和嘀咕:说一说,还动真格的了。

第二天,"一记耳光"就传遍了整个挖渠工地,有人说杨小和窝囊、晦气。杨小和起初不响。可是,同一工段的男职工说:哪里有压迫,哪里就有反抗,现在的女人,睡到男人上边来了?

杨小和说:男不和女斗。

农场的生活十分枯燥,人们哪能轻易放过"一记耳光",而且,越说越来劲。杨小和恨不得渠里突然发大水,他可以趁机跳入水中,像一条鱼一样,潜入水底,顺流远游。他默默地挑担,在渠坡上上下下,时不时地听见笑声,自然跟他有关。

太阳西斜的时候,冻土层已清除,渠底出现稀泥。大家突然察觉缺了杨小和,笑话的对象不见了,渠堤上放着一根扁担,两个柳条筐。以为他解手,却迟迟不见来。

那个说脏话的男的说:这个闷葫芦,不要想不开了吧?弄不好去还刘佩新一记耳光。

这时有人站在渠堤上喊:着火了。

大家放下十字镐、铁锹、扁担,向驻地奔跑。赶到时,整个大草房,烟和火,像冲天的大舌头,舔着傍晚的天空。无法接近大草房,也没有扑灭火的器具(桶和盆都在大草房里)。帆布帐篷里取的桶盆,泼上去的水,几乎跟火焰同步燃尽。杨小和被烧得面目全非。

刘佩新哭着扇了自己一记耳光。她被隔离审查。

舌　头

上海青年杨华鸣（绰号葫芦）为难了。

连队食堂送早饭的牛车刚到,他就第一个打了饭。还没蹲下,指导员过来,说:葫芦,别只顾往里装,还要考虑往外倒!

杨华鸣疑惑地仰视着指导员,指导员慢慢降下来,跟他面对面蹲着,他忽然想到,那姿势像拉屎。

指导员突然说起舌头。说舌头有两个功能:一是品味,就是辨别各种食物的味道;二是品位,就是表现一个人的境界、立场。继而欣赏杨华鸣喜欢读书,甚至,还知道上海的家人常常给他寄包裹,净是书。据说《学习与批判》这份杂志,一期也不缺。

杨华鸣紧张起来,不过,他说:连队生活枯燥,看书打发时间,只是喜欢而已。

指导员说:你说过,吃饭不积极,思想有问题。我认为,批判不积极,思想更有问题。你读了那么多书,总得往外稍微倒一倒吧?今晚的批判会,你要发言,可不要叫我点名呀。你要主动,我点你的名,你就被动了。

不等杨华鸣表态，指导员起身就走。杨华鸣知道今晚批判的对象是以画毛驴出名的毛驴画家——被发配到连队接受改造，场部下达批判任务，上挂下联，都要把这个"右派"画家联上。

杨华鸣平时没跟任何人翻过脸，别说提个意见，更不会揭人短，而且，早请示晚汇报，他站在毛主席像面前，也不揭自己的"私字一闪念"。

杨华鸣手里端的一碗捞面，失却了往日的诱惑。他想着怎么用政治理论的炮，去轰毛驴画家——上纲上线。好像他掌握着数顶理论的帽子，不知哪一项合适"毛驴"。还没批判，他已出了一头汗。

那手，似乎凭着本能，顾自捏着筷子捞起面条，面条从碗里升起来，他仰起脸，张开嘴，从低处接应面条。

突然，是面条有异味，还是舌头不对劲？舌头发麻，好像嘴里含了个异物。他在书上看到过，一个小动物，在地壳巨变中，成了一个化石。原本的口腔，舌头与牙齿，一软一硬，合作自然。现在，舌头就像一条死狗搭在围墙上。甚至他已感觉不到舌头的存在。嘴里，还有什么在挣扎。他放下碗筷，手伸进嘴，舌头已僵化，却还能感到隐隐的麻，像打了麻醉剂。他左手的食指和拇指掐住了舌尖上的一个小东西，小东西还在蠕动。

一只大马蜂，他惊了一跳，却叫不出声音。仓促之间，他踹翻了那碗面条。

近旁的职工围过来，纷纷问发生了什么事。

他一手捂着嘴，一手捏着马蜂，马蜂被两指夹着，还试图蹬腿振翅脱飞。

职工观察着他的口腔,仿佛那是马蜂窝。甚至,有人说:好久没吃肉了,苍蝇蚊子都是肉,可是马蜂一旦蜇了人,就结束了生命。

他的舌头明显地肿胀起来,仿佛是干果脯,浸泡了水。

卫生员小张闻声赶来,忍不住笑了,说:天底下真有这么巧的事,马蜂竟蜇了舌头?

有人说:葫芦一开嘴,就口吐莲花,马蜂误以为他的舌头是花蕊了吧?

舌头似乎占领了他的口腔,他疼得满眼泪花。

小张也为难,不知涂什么药。她安慰道:观察观察,忍耐忍耐,舌头有很强的抗毒能力。

杨华鸣闭上嘴,不让别人看见舌头的丑相,口水如同缫车上的蚕丝,不断地从舌头上流下来。

当晚,他理所当然没站起来揭发批判。他忽然想到,不想发言,马蜂竟帮了他的忙。可惜,蜇了舌头,马蜂也牺牲了。不过,他百思不得其解,马蜂怎会误闯口腔? 就如同林冲误入白虎堂。难道他的嘴里有什么吸引马蜂的味道吗?

过了三天,没用药,他的舌头恢复了原状。一个月夜,他单独出了连队。他望着远处月光下的沙漠,宁静,神秘,仿佛要检验一下舌头的活力,他对着沙漠喊:哦——哦——哦。

背后传来了笑声,问:我我我,你喊谁?

杨华鸣说:小张呀,我一喊沙漠,却来了绿洲,鲜花一朵。

小张说:你这葫芦里到底装着什么药?

杨华鸣靠近她,说:我代表舌头感谢你,我也借着舌头的幌子接近你。你说说,我的舌头到底有什么吸引了马蜂?

小张笑了,说:我又不是马蜂。

发　现

上海青年赵利民二十岁出头（当年，虚报年龄进疆），个子一米七三，他是三营十八连的职工。我放电影时认识了他。

我在团部电影放映队，专门负责下连队巡回放映，有时，十天半月都在连队。每个连队，一个月才能轮上一场电影。放映很吃香，到了连队就像过节一样。预先，场地已摆满了凳子、土坯，占位置。连队会提前收工。

连长会通知伙房开小灶，吃的是细粮，麦面馍、捞面条（放了肉丝），炒盘鸡蛋，待遇很高，要是冬天，还备一小搪瓷缸子烧酒。连队职工吃的是粗粮，苞谷面，菜里稀缺油。

通常，篮球场为露天电影院，竖起两根杆子，挂上幕布，方形，四边有黑边。幕布前后都坐满了人。银幕反面观看电影，这么选择，离银幕近。也有附近连队的职工赶来，同学、同乡趁机相聚，多为青年，也有恋爱对象。

放映前，要对光，调焦距。我使用的是16毫米的放映机。光粒打在银幕上,有许多手和头插进光里。银幕上投了剪影,活如皮影戏,有狂吠的狗,有展翅的鸟,甚至出现一对恋人亲嘴,都以自己的方式亮相。

然后,连长讲话。要是啰唆了,就引起一阵跺脚。这样,促使连长把话缩短。连长的结束语是:团首长关心我们十八连,给我们送来一部片子。不等他说完,场地就响起热烈的掌声。

那个年代,大多是革命样板戏录制的电影,还有"三战"(《地道战》《地雷战》《南征北战》),以及苏联老电影。有些老影片,拷贝陈旧,有刮痕,银幕像下雨或降雪,还时常断片,我会在一片叹息中及时接上胶卷。看过多遍,大家仍爱看(不看能看什么?),连小孩也能说几句经典台词。刚放到画面,人物还没说话,观众就替人物先说了。什么"牛奶会有的,面包也会有的",什么"高家庄,高,高,实在是高",等等。甚至,平常生活里也会冒出类似的台词,妥帖地放入具体的生活场景。

还有阿尔巴尼亚、朝鲜、越南、南斯拉夫、罗马尼亚的电影,看起来很新鲜。记得那一次放的是罗马尼亚的一部电影。于是,我注意到一个人。唯独他爬到树上。篮球场旁边有几棵钻天杨,挨近银幕旁边的一棵树,安了个大喇叭。他爬的那棵树离喇叭有七八米。他抱着树,俯视着面朝银幕,跟喇叭同个高度。为了保险,他解了皮带,把自己套在树干上,可能为了防止投入剧情,忘记自己悬在高处,失手坠落吧?

过后,我获知,他叫赵利民。前一天,他赶到营部观看过这部电影。有一个镜头:罗马尼亚的姑娘,在浴缸里洗澡,裸体。拍摄的镜头,显然是平视,稍微有点仰视。仅露出肩膀,身体被浴缸的一侧遮挡了。

一头毛驴,一辆胶轮车,一台放映机,一个小型发电机(一般备用),一个喇叭,一块幕布,就是我的全部家当。赵利民帮我收拾放映设备,问我明天的去向。他嫌不过瘾。我问他为啥爬得那么高。他把话说大了,说:登高远望,纵览全局。

连队很客气,也考虑周到,给我安排了住宿,还特地把毛驴牵进马厩,优待精饲料:苞谷、苜蓿。第二天,我从容地前往下一个放映点。

接下来的几个连队,我都看到赵利民的身影。他一定是收工后借了自行车,匆匆赶过来。

我发现,他总在高处——选择附近的一棵树,要是没有树,他会登上屋顶,或者,借一个人字梯。他不知从哪里弄来一条保险带,那是线路工配备的保险带,他把自己的腰和树套在一起,固定住。

他追随着我的放映,观看那部罗马尼亚的电影。那时的电影,几乎没有亲吻的镜头,裸体洗澡就很稀罕。我察觉了他的奥秘,反复看,其实只是看洗澡的片段,以至那个场景出现,他已及时到位——登在高处。然后,下来,或离去(谢志强听我说赵利民的故事,告诉我,另一个农场,竟然也发生了同样的故事,而且是同一部电影。电影改变了人生走向)。

熟悉了,他会帮我倒片,甚至守在放映机旁边。他羡慕我这个行当。有一次,发电机熄火了,他去重新发动供电。

三营有五个连,加上营部,放六场电影。最后一场,他观看了那个场景,从胡杨树上下来,像一只大鸟。

我凑近他的耳朵,故意问:小赵,你追随这部电影,到底发现了啥?

他说出了疑惑。照道理,站到高处,应该可以看见罗马尼亚姑娘在浴缸里的身体,可是,高处往下看,跟地上看效果一样:浴缸的一侧仍然挡住了视线。他说：还是看不见……洗澡。

我笑了，问：小赵，你谈对象了吗？

他摇摇头。

我说：光看电影解决不了问题呀。

他说：我就喜欢看电影。

我喜欢这个小伙子了，说：到时候，让你看个够。

团宣教股刘股长已向我透露了一个消息，将把毛驴车换成手扶拖拉机，鸟枪换炮，而且，增加一个助手。这个徒弟由我物色，条件是爱电影，懂技术。半个月后，团里发了个借调令，赵利民就进了电影放映队。考察一段时间，再正式调动。十八连童连长说：看不出嘛，我们连队还有这么一个人才，我咋没发现？

跛　脚

上海青年边发明婚后第三天,就去副业连买来三只毛茸茸、黄灿灿的小鸡,而且是小母鸡。有一天,他发现有一只的腿折了,就用一根细棍绑在小母鸡的那条腿上,等到解掉棍,它走路一瘸一瘸,于是,就有了名字:跛脚。

女儿出生,三只母鸡已能产蛋,像劳动竞赛一样,产了蛋,就出窝传报喜讯。时值1973年,连队食堂缺乏油水。边发明的妻子奶水少,他杀了一只母鸡,炖了给妻子补充营养,还能催奶。

女儿蹒跚学步,他的妻子身体弱。两只母鸡里选择"淘汰"一只。他打过跛脚的主意,因为,跛脚产蛋的间隔拉长了。似乎跛脚察觉了边发明的阴谋,如同有谁下了命令定了指标,跛脚以一天下一个蛋的节奏,进入产蛋的又一轮高潮,以此表明自己不能被"淘汰"。有一天,跛脚竟然下了个双黄蛋。

边发明从此打消了"淘汰"跛脚的念头,还对妻子又似对跛脚发誓:不下蛋,也保留,因为跛脚起了模范带头的作用。

女儿吃鸡蛋,一天一个,很新鲜(边发明在蛋上标明哪只鸡哪一天的成绩),仿佛跷脚用蛋鼓励了女孩生长。有一天,边发明的女儿摔伤了。女儿走路,身体一斜一歪。女儿说:我学习跷脚走路。

连队一个小男孩学结巴,后来一直纠正不过来。边发明替女儿的步姿担忧,要她不要模仿跷脚。

女儿说:我这是向跷脚表示敬意。

边发明听到女儿说出大人的话,顿时乐了,笑着说:表示敬意,最好的方式,就是慰问、奖励跷脚。

女儿眨巴着眼睛,问:怎么慰问,怎么奖励?

边发明说:比如虫子,比如苞谷,我替你准备好,你出面给跷脚。

跷脚从鸡窝里出来,咯咯——嗒,女儿就拿着苞谷,不像爸爸那样往地上撒,而是让跷脚直接啄她小手掌上的苞谷粒,啄得她小手心痒得舒服。她还到屋前不远的林带中,在树叶上、草丛中寻找虫子。不久,跷脚跟她形影不离,她发现草叶上的毛毛虫,就唤跷脚。跷脚闻声赶来。她指出毛毛虫所在的地方。

女儿进了连队的托儿所。有一天,边发明收工接她回家。她听出跷脚的叫声异样,微微张着翅膀,不停地"咽、咽、咽"叫。她说:跷脚穿这么厚的棉袄,是不是热得受不了了?

边发明从邻居老职工那里获知:母鸡要抱窝了。

女儿要求爸爸,让跷脚孵小鸡(女儿还做出"一大群"的手势)。边发明也有扩编的打算。连队的双干户(指成了家的双职工),养的是母鸡,而且不超过三只,公鸡只打鸣不产蛋,等于是只会唱歌不会干活,还占名额,连队的公鸡很稀罕。

跷 脚

边发明叫农场机关的一位上海青年,设法批了个条子,到副业连买了两公斤鸡蛋(名义是妻子的身体不好)。

跷脚终于平静下来。边发明用一个垫了稻草的纸板箱,让跷脚在家里孵蛋——女儿的视线里。女儿总是着急地问:小鸡怎么还不出壳?

边发明耐心,将鸡蛋对着灯泡,一是鉴定蛋里的变化,二是向女儿讲解。

一天半夜,女儿叫爸爸,小鸡出来了。灯光下,一只一只毛茸茸的小鸡破壳而出。总共12只。像毛绒球。

女儿张开双臂扮演老鹰(那是托儿所里的老鹰捉小鸡的游戏),她说:我要教小鸡学习危险的时候怎么办。

那一天,女儿从托儿所回来——哭了,因为跷脚周围的小鸡少了一半。她以为老鹰叼走了小鸡。

边发明和妻子哄女儿,说:爸爸妈妈上班,你到托儿所,那么,一群小鸡,跷脚照顾不过来,是不是也要托给别人管?

女儿说:不能让小鸡跟妈妈分开,我领它们上托儿所。

有个上海青年阿姨来了,结了婚,也要养鸡。女儿哭着不肯。本来一群小鸡娃,只剩下三只了。

边发明终于对女儿说:囡囡,你愿意叫连长刮爸爸的胡子吗?

刮胡子,就是批评的意思。女儿说:连长为啥要批评你,跟小鸡娃有什么关系?

妈妈和阿姨解释:农场规定,一家只能养三只鸡。

女儿说:跷脚一窝就孵出一群小孩,又没规定只能一窝孵出三个鸡娃娃呀,跷脚知道规定吗?

边发明摸一摸光光的下巴,仿佛长满了胡子,说:人给它多少蛋,它就孵多少蛋,责任不在跷脚。可是小鸡比别人多了,就是比别人多了,就是资本主义尾巴,别人要来割掉呀。

女儿搂住爸爸的脖子,说:那……那我能常常去看跷脚的小娃娃吗?

阿姨说:当然,当然。欢迎来我家检查工作。

女儿疑惑,说:跷脚的娃娃到阿姨的家就不违反规定,就不用刮胡子?边发明说:对,分散了,就不超过三只。不超过三只,就符合规定。

女儿扳着手指,说:我们家,现在,跷脚加上三个鸡娃娃……超过……

边发明说:跷脚是有功之臣,模范妈妈,我们保护它,你放心。

女儿疑惑,说:保护,模范,怎么不叫娃娃跟妈妈在一起?

妻子对边发明悄悄说:好了好了,越描越黑,女儿被你说糊涂啦,还是不让女儿懂得太多为好。

鸡　蛋

上海青年胡纪平于1971年春天结婚。妻子也是上海青年,当年怀孕。当时,伙食差,以粗粮(苞谷面)为主,少许细粮。小麦面粉不耐饥,上海人喜欢的米饭很稀罕,因为劳动强度大,甚至把细粮换成粗粮,粗粮耐饿。每月200克油(棉籽、菜籽榨的油),而肉,只有逢年过节才能分,比如春节、"五一"劳动节、"七一"党的生日、"十一"国庆节。

胡纪平把妻子的定量全都换成了细粮——大米。孕妇更要营养。他就赶巴扎,十多公里远。半途中,他遇到了一辆毛驴车,维吾尔族老汉赶毛驴上巴扎。

胡纪平不懂维语。他摸着自己的肚腹,模仿怀孕——肚子隆起的样子。他后来知道,老汉误解他肚子胀,肚子胀是生气的意思。可是,胡纪平笑嘻嘻的,而且,还模仿母鸡下蛋后骄傲的叫声——男人怎么会下蛋?

老汉掀开一个柳条筐子,筐底垫着麦草,草上撂着白花花的鸡蛋。

胡纪平拿起一枚鸡蛋，做出个蹲姿，然后，把鸡蛋从屁股后边转到前边，随即做出扇动翅膀的动作，同时嘴上发出"咯咯嗒"的叫声，他把鸡蛋放回筐，拍拍胸脯，仿佛自己是母鸡——他要的就是母鸡，并且，又模仿孕妇腆腹，指着自己的嘴，做出吃鸡的动作。他在不同的角色里来回表演。最后，他模仿母鸡叫，用手势强调自己和母鸡的关系，既是孕妇，也是他，要买母鸡。

老汉终于懂了他的意思，邀他坐上毛驴车，返回两公里外的老汉家——民族农场。那里，一家一户养鸡还不限制，而连队的职工，只能养三只鸡。胡纪平结婚头一天，迫切地感到养鸡的重要性。后来，哺乳期，他买母鸡，催奶水。

1974年，女儿已三岁。可是，鸡瘟夺走了三只鸡的生命。因为营养不良，连队的大人小孩，叫她黄豆芽。

这年冬天，塔克拉玛干沙漠边缘的这个连队，也像全国一样，掀起了"农业学大寨"的运动高潮。具体措施是兴修水利——挖排碱渠，治理盐碱地。

连队里，大多数是双干户（结婚成家）。刘连长宣布了两项决定：一是打散原班编制，临时按每户夫妻（两口子）为一个劳动单位；单干户（未婚单身），则独立承担工段；二是，开展挖渠劳动竞赛，双干户、单干户分别有两面流动红旗，此为荣誉，还有物质奖励，竞赛的十五天里，每日定额挖土方四立方米，百分百完成，每天奖励鸡蛋两枚。

胡纪平一家也开了个动员会，他对女儿说：这半个月要乖，爸爸妈妈要给你争取三十枚鸡蛋。

于是，胡纪平夫妇投入了争取精神和物质双丰收的竞赛，把女儿送到连队的托儿所"全托",说:想妈妈的时候就想鸡蛋,爸爸妈妈争来鸡蛋给你补营养,囡囡不是想吃鸡蛋吗?

一天干十二三个小时,两头不见太阳,一日三餐都在工地吃,食堂送饭来。起先用铁锹甩泥土,渠挖深了,妻子装,他挑。每天都要用十字镐敲一层一尺厚的冻土。妻子穿单衣,他甚至穿背心。满头像伙房蒸馒头揭开笼盖一样,汗水,热气。

前三天,胡纪平的浑身骨头仿佛要散了一样,肩膀也肿起来了。到了渠堤的水平线看不见渠里的人了,他挑含着冰水的泥土,像负重登山那样。不过,他觉得,两头筐子里挑的不是泥土,而是鸡蛋,一旦滑倒了,鸡蛋全碎。他说成鸡飞蛋打。鸡指的是精神上的荣誉。

七天过了,过了疲惫的极限,他的身体适应了。似乎鸡蛋滚滚而来。有时,他倒了沙土,从渠堤的土堆下来,还模仿母鸡下蛋的叫声。

夫妻俩提前一天完成了总土方。获得了双干户的流动红旗的同时,也拿到了三十枚鸡蛋的奖励。

接女儿回家,女儿高兴地跳了一个维吾尔族的舞蹈,托儿所的阿姨把她的头发编了几十根细小的辫子,和舞蹈相配。

胡纪平说:我丫头的算术就是那一天忽然开窍。

面对三十枚鸡蛋,妻子简单地教女儿算术,先是加法,女儿竟能数到三十。然后是乘法:2(枚)乘15(天)等于30(枚)。有了眼前的实物加上过去的想象,加法和乘法的运算就提前掌握了。

胡纪平制订了吃鸡蛋的计划,一天多吃,不易消化,他要女儿一天吃一个鸡蛋,细水长流,那就是 —— 女儿抢答:三十天。

可是,女儿立刻噘起了小嘴,还摇头。

胡纪平征求意见:你说咋吃?

女儿说:我不吃,要孵小鸡。小鸡长大了下蛋,下好多好多的鸡蛋。

妻子说:你不是数不过来了吗?

胡纪平记起农场的规定,一户养三只鸡,超过了,就是"资本主义尾巴"。他竖起三个手指:不犯错误,只能三只。女儿不懂,托儿所玩老鹰捉小鸡,是一大队小朋友扮的小鸡。

妻子把三枚鸡蛋放在暖饭包里——缝制的夹棉花的暖饭包,主要是保护饭的温度,外形像钢精锅。包底放了个热水袋,近似母鸡的体温。胡纪平每天都用温度计测试暖饭包里的温度,他请教过畜牧技术员。女儿出生不久,时常发高烧,现在,备用的温度计起作用了。

女儿每晚都贴耳听暖饭包里的动静,着急地问:咋还不出来?胡纪平拿农场的巡回电影放映队来说事,露天放电影,银幕上,白天画面模糊,非得到天黑,时间一到,就放映。女儿时常直接隔着暖饭包对话:鸡宝宝快出来,我一定对你们好,带你们到树林里去捉虫子。终于到了破壳出窝的天数。三枚鸡蛋都没有里边啄壳的响动,手电筒照鸡蛋,里边发黑。三个臭蛋。女儿哭了,嚷着要鸡宝宝。

温度、时间都对呀。畜牧技术员追问了作为奖励的鸡蛋的来历,原因出在了副业连——一个鸡场,不留一只公鸡,因为公鸡不下蛋,不下蛋就没用。而非得公鸡踩过母鸡,母鸡下的蛋才能孵出小鸡。

胡纪平无法向女儿解释公鸡踩母鸡的道理,也不想让女儿知道。他只能承认自己不好——温度掌握得不均衡。他表态:礼拜天,爸爸赶巴扎,直接买三只母鸡,下好多好多的鸡蛋。

女儿还是吵着要小鸡宝宝。幸亏,胡纪平兑现了诺言,三只母鸡替代了女儿的愿望——女儿的兴趣转移了。

　　胡纪平对我讲鸡蛋的故事时,他说:现在,我女儿的儿子也有三岁了。

突击拔草

上海青年赵阿根和符萍,这对夫妻形象反差显著,一瘦一胖,一枯一荣。连队正值水稻生长的关键季节,突击拔草,否则,杂草抢了水稻的风头。

背地里,我们将他俩比作水生植物,一个枯瘦,如同柳条插在水里,而且,赵阿根还是水蛇腰;一个膨胀,如同"浮萍"摊开,浮在水面。那胖,其实是丰满,恰到好处的丰满,身体该凸的地方凸,该凹的地方凹,好像随时吸收水分,总有一种要"溢"出的感觉。但赵阿根,仿佛水分被控干的柳枝,因为又瘦又黑,皮肤发皱。

老职工套用当时流行的话语,说:赵阿根一天天瘦下去,符萍一天天胖起来。

符萍在哪片地里,哪片地就有她的声音,她的声音像含了水,水汪汪。赵阿根像老牛埋头耕地,不吭声,拔稗子草、三棱草、芦苇等。芦苇的根系特别发达,赵阿根仿佛隔着齐膝的水,与大地拔河。他拔出的芦苇那白生生的根,比茎秆还要长。

赵阿根是我们这一批高中毕业生的生产班长,我们都佩服他。他不说,只是用行动带领我们——流动锦旗常驻在我们这个班。即使说话,他也应我们的要求,说说上海。一般都在工间休息时,坐在田埂、地头。

赵阿根的眼睛,总像没睡醒,打不起精神。我猜,是不是失眠所致？有时,他躺在田埂上,提醒我:吹哨子了叫我一声。然后他仰天闭眼,打没打盹,也看不出。

突击拔草,背朝天,面向地,立水中,累的是双手,酸的是腰杆,回头,看看稻秧,仿佛拯救了水稻。我们发现了一个秘密:符萍请假,张保中也不在。同届毕业的女生会及时把符萍的情况透露给我们。她们轻蔑张保中,似乎她们受了羞辱。

张保中跟我们同一届毕业,他对上海热切向往,可是,不能去上海见大世面。他就和符萍有来往,行动诡秘,但公众场合,他从不跟她打招呼,像陌生人。连队已流传关于他们的风言风语。倒是赵阿根沉得住气,或者传言还没吹进他的耳朵——蒙在鼓里。

我们要替班长打抱不平。趁工间休息,我们四个约定,回连队捉奸。向赵阿根打了声招呼:回去加个油。就是肚子饿了,吃点东西。

赵阿根家的门没上锁。那间屋子,居一排土坯房的中间。两个堵在门口,两个摸到后窗,然后敲门。后窗的窗帘张开一道缝,露出符萍的脸。

前边门口开始喊:张保中,张保中。

我俩也在后窗呼应:张保中,我们知道你在里边。

可能连队的生活很枯燥,我们认为这种事儿很刺激,而且,能替赵班长解气。班长出了名的怕老婆(怕什么？)。这样,可以削削她的威风,长长他的权威。

符萍打开了门,已穿戴整齐,说:你们干什么？我请了病假。

我们说:找张保中。

符萍说:张保中怎么会在我家里？要找你们去地里找。

我们已听过屋里的动静,坚持要进门。

符萍说:找可以,把话说在前头,找不到,你们向我道歉。

我们在双人床架子底下发现了张保中,他穿着裤衩,光着膀子。

符萍给班长戴了绿帽子。我们命令张保中穿上衣裤,等候发落。

符萍说:这件事儿,你们有本事,叫你们班长来当面说。

我代表大家跑回稻田。

赵阿根咬咬嘴唇,似乎脸又晒黑了一层,他淡淡地说:组织出面吧,叫连长处理。

我跟着连长返回连队,临走,连长说:赵班长,你也回连队。

符萍和张保中被押到连部。已过了花开的季节,符萍身上有一种莫名其妙的香气。

连长说:乱弹琴,瞎胡闹,大家在地里忙,你俩在床上忙。符萍,你不是生病了吗？

符萍说:这你得问一问赵阿根。

连长恼火,说:你做了那档子事儿,还理直气壮?!

张保中像是霜打的秋叶,蔫不拉几,背对我们站着,恨不得地上裂开一个缝,他钻进去。

连长是个大老粗,一会儿训斥,一会儿冷场。显然,连长不想让这件事儿弄大。他甚至对我们说:你们在地里干活,怎么蹿回连队了?

不知过了多久,天色暗淡下来,夕阳即将西沉。

连长说:叫赵班长。

连长似乎要征求赵阿根的意见。可是,赵阿根进来,卷起的裤腿还没放下——麻秆似的腿,他说:符萍,饭已经打好,吃饭吧。连长,让你辛苦了。

连长狠狠地一拍桌子,说:吃饭。

符萍不屑地瞥了我们一眼,似乎说:狗拿耗子多管闲事,你们还嫩着呢。

我差一点要说:连长,这么严重的男女作风问题,就这么不了了之了?我们不是白辛苦了一场?

连长示意我们暂留。望着门外,那对夫妇一前一后穿过连部前边的篮球场,倒似赵阿根是被押送的。连长说:你们班长实在辛苦,清官难断家务事。这件事儿,回头你们不要随便乱说,嘴巴都上一把锁,将军不下马。

随后几天,赵阿根像没发生过家中那件事一样,只是张保中调离——到更为偏远的连队,挨着沙漠。赵阿根仍像跟大地拔河,拔起的芦根,扎成一束,投掷手榴弹一样,投向田埂。他的腰,即使走路,似乎还保持着拔草的弧度,他戴上了茶色的眼镜。我则感觉更尴尬,揭开了不该揭开的秘密,对还是错?指导员政治素质高,肯定不这样处理,可惜指导员去学习了。只是看不惯符萍,走路扭动着腰肢,像是天鹅在水里昂首游动。

红色笔记本

上海青年卓栋樑跟我打过一次赌。1974年我从农场高中毕业，被分配到连队接受"再教育"。临毕业前夕，学校保送三名学生上大学，我是其中之一。记得班主任王老师还跟我谈过话。可是，不久，变了卦，说是"上边"有指示，必须再接受"再教育"两年。

于是，我就来到卓栋樑所在的连队。我清楚，上大学没指望了，因为，条件不是学习成绩而是凭劳动表现，而我总是拖青年班的后腿。连队实行的军事化管理，农业劳动用军事术语，比如，春耕春播战役，比如，拔稻草大会战，比如，秋收突击队，比如，冬天挖排碱渠，叫水利大会战。

总觉得，一年到头，都在打仗。与天斗，与地斗，我不觉得"其乐无穷"；倒是与人斗，有趣。这个"斗"，主要是打赌。农场的连队，有流动锦旗或先进典型的标准，衡量劳动成果。可私下里，班与班，人与人，喜欢采取打赌的方式比斗志。比如，挖渠，超过定额的土方多少，就算赢。赌注基本是粮食，如果没有现货（馒头或米饭），就以饭票的形式支付。

又苦又累,胃就像磨盘,饭吃进去,消化特别快,原因是缺乏油水。说是炒菜,其实是煮菜,须侧面才能在菜汤里侦察到漂浮在水面上稀罕的油珠。所以,每逢有肉吃(那也是大会战改善一顿伙食),立刻就以吃肉为赌注。

向往有肉吃到了什么程度?秋收割稻,镰刀划破了我的手。我想好好表现,轻伤不下火线,伤口化脓。夜里,我在梦里闻到了肉的气味,我抬起手,手在梦里是猪手——猪蹄,而且像红烧的猪蹄。我啃起来,味道不错。我被推醒,邻床问我半夜里在偷吃什么——可别吃独食。我记得梦里啃的是一根完整的骨头,沿着骨头往上看,是我的胳膊,胳膊上边是我散发肉香的嘴巴。我生气,被打断了梦,我说:你自己身上不是也有肉吗?

这件事,传出去,变了形,说我吃过人肉。我舍不得饭票,就举起受伤的手,说:我到底吃了什么肉,以手为赌注。

我的印象里,卓栋樑从来不参与打赌。而且,打饭的时候,我很像饿狼似的拥挤,他则静候在一旁。我暗自佩服他讲究文明,有礼貌,有修养,他架在鼻梁上的眼镜与他的气质相配。正如他姓名的谐音:卓越的栋梁之材。

可是,他这么个上海知青怎么还打着光棍呢?后来,听说,名字里双"木",是五行里缺木,得加强,加强得实在有点"木"了。

大会战有一点颇受欢迎,就是随便吃(不用付饭票)。随便吃,其实有讲究:第一碗不能盛满,用筷子把面条高高地挑出碗,在散热的过程中,有经验的是从面条的下端往嘴里吸溜,几乎不嚼,面条直接抵达胃里,这时候,相互不说话,只听一片吸溜面条的响声;第二碗将面条推出碗面,于是开始说话。但卓栋樑总是最后一个或第一个,伙食送来的面条,总量有限,那意味着他只能吃上一碗,接下去就剩面汤了。

盛了第二碗的人,就从容发话,一般也是抛出个打赌的项目。我将第二碗面条放在田埂上,指着不远的沙漠,提出个问题:远古的时候,这里是大海,还是沙漠?

卓栋樑对天文地理历史都有涉猎,他顾不得这在打赌,就随口参与,说:沙漠。

相当多的职工认同他的说法,主要是迷信他是个"百科全书"。

我坚持是大海。

拥护卓栋樑观点的人,提出赌注:半月饭票。

卓栋樑能参与打赌实属罕见。我生怕他退出,敲一下碗,说:一锤定音,决不反悔?

卓栋樑说:我提议,输方给赢方一本笔记本和一支钢笔。

有人异议,说:栋樑,你是不是舍不得饭票?还有人说:又不是毕业给女生留念,我们是男人之间的规矩。

我说:他能积极主动参与已经很难得了。重在参与,给卓栋樑一个面子。

第二天,卓栋樑请了个假,去团部。回来,兑现了原定的赌注。他这么讲信誉,倒弄得我不好意思。我当众说:算了算了吧?!

他说:怎么能算了? 一个唾沫一个钉。他还向众人说明,他专程请教了团部的测绘员,那个人是地质专业的高才生。亿年之前,塔克拉玛干沙漠是大海的海底,地壳运动,改变了它,现在沙漠里还有大海的贝壳化石。他还拿着证据:贝壳。

红色笔记本

红色笔记本,有红色塑料套的封皮,像红宝书。扉页还有他的亲笔赠言。"英雄"牌钢笔,后来,我用坏了,不知哪一次调动,被我遗弃了。

1980年卓栋樑病退返沪。其实是他的妻子替他走的门路,严格来说,他没病。其妻是我高中的同班女生,向往大上海,以身相许。

2011年,一次同学会,卓栋樑的妻子在上海,未来参加,不过通讯录里有她的手机号码。

2013年,我旅游,到上海。和卓栋樑夫妇在"老外婆"餐馆相聚。卓栋樑第一句话是:谢志强,我这一生唯一打过一次赌,就是跟你。看来,我逢赌必输呀。

我说:我还随身带来了那个红色塑料封皮的笔记本,放在旅馆里了,至今,还是空白的,我没轻易在里边写过一个字。

已是他妻子的我的同学说:他还几次说起笔记本上留给你的赠言呢。

我说:记得记得,因为赠言,我不敢轻易在笔记本上写字呢。写什么都不合适。

卓栋樑说:赠言里有一个错别字。在农场里,你调动过,我几次找你,想把那个错别字纠正过来,只听说,1977年恢复高考,你考上师范,离开了农场。

我说:这次有机会,我要在上海停留三天。

2016年3月11日,我接到卓栋樑妻子的电话,电话里传来哭泣声。卓栋樑突然心肌梗塞。

我说:节哀顺变。

她没见过那个笔记本,说要我寄去,改了错别字,再寄还 —— 这是卓栋樑的遗嘱，也是他的遗憾。

我说：不改，算了，错也错得有意义。

太阳升起的方向

上海青年高长生被团里选派到三营十五连当1966年来农场的上海知青的班长。高长生是1964年来农场的上海知青,一米七八的个头,长得蛮帅气,性格开朗,唱起歌,嗓子也好。在二营九连当农工,干活不惜力,样样冲在前,连长赏识他,让他开拖拉机,那是年轻人羡慕的岗位。

高长生到了三营十五连,不久,他看上了班员上海姑娘。可是,姑娘委婉地拒绝了他,他家庭出身不好。

高长生背着父母报名到新疆支边,就是想摆脱成分高的家庭——重新做人。他还是不甘心。按他朋友的说法:热脸贴冷屁股。他仍积极往上贴,不过,他十分克制,只是单相思。样样照顾她,她却不领情。

渐渐地,高长生眼神发呆,面无表情,沉默寡言,像个闷葫芦,时常丢三落四,换了个人似的。有时干活,干着干着,他扛着坎土曼径直往心爱的姑娘所在的地里走,到了,拼命地挥动坎土曼,一副要把"地球挖穿"的劲头。据说,他患了抑郁症。

不得不把他还给二营九连。他开不成拖拉机了，又回到最初的大田班。他常常在地里，干着干着，两手搭在坎土曼的把子上，呆呆望着太阳升起的方向，那是三营十五连所在的地方。

有个礼拜天，高长生打午饭，连队食堂停着一台轮式拖拉机，没熄火。他跳上驾驶座，开上就跑。

驾驶员在食堂里，匆匆打饭，听人喊，赶出去，拖拉机已没了踪影。连忙到连部给团部保卫科打电话，要求派人拦截。

高长生开着拖拉机朝着太阳升起的方向行驶，拖拉机在机耕路上颠簸、吼叫。转入三营的路口，有一条排碱渠，渠上有一座窄窄的桥，不高。拖拉机拱在桥边的渠坡上。惯性把高长生甩出去，一头栽进水里。他像拔萝卜一样把自己的脑袋从淤泥里拔出来。顿时清醒，他洗了洗黑黑的淤泥。拖拉机已熄火。

一匹马飞奔过来，骑马的是团部警卫班的张班长。

高长生在团里很有名，有一年表彰大会，张班长维护秩序。

高长生在检查拖拉机，很无奈。他第一次不知怎么对待它。

张班长说：你偷拖拉机，要往哪里开？

高长生的普通话里带着上海口音，他说：十五连。

张班长警惕了，说：啥？再说一遍，往哪里开？

高长生重复道：十五连。

张班长把"十五连"误听为"苏联"。当年，中苏矛盾激化。称苏联为苏联修正主义。他挥手扇了高长生一个耳光，接着，把他铐起来，押送进团部禁闭室。

九连的几位上海知青来探望高长生，遭到看守所的警卫战士拒绝:高长生的问题很严重。不久,闻知高长生开拖拉机投敌叛国。据说,还在高长生的箱子里搜出了写给勃列日涅夫的一封信,后又传闻那是剪报。

但是高长生案子还是判下来了:开拖拉机去苏联,投敌叛国罪。

1964年同来的几个上海知青提出质疑:农场跟中苏边境,横着天山山脉,还有戈壁滩,高长生能把拖拉机开过去吗?何况,方向也相反,一个是西,一个是东,拖拉机朝东开——十五连是高长生相思姑娘的地方。

高长生供认不讳,索性咬定"苏联",也不申辩了,在供词上摁了手印。大概他心死了——心理崩溃。判了16年有期徒刑。劳改期间,他表现得比在连队还要好。有一次开山取石,他挥锤凿炮眼,肩关节脱臼。劳改农场将他安排到伙房。

1978年,高长生得到平反,他回到九连,进了食堂(他说:我干老本行吧)。他那位心仪的姑娘已结婚,还和丈夫一起来看望过他,表示歉意,怎么说,也跟她有关。

不过,高长生说:那一天,拖拉机没熄火,我一见就要上去开。

高长生畏惧拖拉机,他见了拖拉机,就远远地躲开,好像拖拉机是猛兽,而且,他听见拖拉机的声音,就慌乱了手脚。平静之后,有人问:你过去是拖拉机手,咋害怕那铁家伙?他说:我担心自己会跑上去开,开翻了。

已错过了找对象的年龄,连长给他介绍了四川家乡的一个亲戚。那时,口内农村姑娘嫁给农场的职工,可以转为正式职工——全民所有制。

连长做媒。食堂里摆了几桌。洞房花烛之夜,好端端的高长生突然跑出去,向太阳升起的地方狂奔。

追回来,他却唱:向前向前向前,我们的队伍向太阳……唱得断断续续。

连队的卫生员给他打了一针镇静剂,他终于能入睡了。

新娘哭得已无泪了。据说,在劳改期间没发作过。连长说:偶尔发作,好好呵护,以后会好。

1978年的家庭会议

上海青年朱宝娣收到父亲来信那天,天气恶劣,刮大风,起沙暴。连队在饭堂(兼会场)召开春耕春播誓师动员会,全体职工参加。会前,文教分发场部取来的信件,大多数是上海青年围上去,喊有没有我的信。

欢喜。失望。没有信的上海青年像吃了败仗一样沮丧,收到信的上海青年如取得胜利一样欣喜。朱宝娣避到墙角,借着灯光享受信的内容。

大白天,门窗都蒙着羊毛毯子,防止沙子钻入,像白天放电影。以往的信,父亲使用的是厂里的信笺纸,这一封,是用锅厂的"红头文件"纸,这意味着家庭会议有决议。

父亲是上海人,锅厂的副厂长,分管行政。父母有四个子女,朱宝娣上边,有两个姐姐,一个哥哥。两个姐姐在上海,已婚,哥哥比她大三岁。1966年,兄妹俩一起报名赴新疆,分配到同一个农场,名义上,哥已一年前"借调"到上海一个码头,当搬运工,但户口仍在农场。父亲在信上说:我马上要退休了,决定让"宝娣"顶替。

"红头文件"专用纸,相当于厂里的任命决定,只不过,是家庭通报或者是举行"家庭会议"的通知,或者是"家庭会议"的决议。对六位家庭成员而言,已约定俗成。

父亲凭上海新疆之间书信往返时间的经验,给朱宝娣留出了余地:以你收到挂号信邮戳为准,接信后务必在十日内抵沪。

朱宝娣是家里的"奶末头",父亲的"掌上明珠",大家都叫她"小娣",唯有父亲一贯称她"宝娣"。原本,母亲和姐姐都盼再有个弟弟,母亲生了她,只说:也好也好。父亲说:妙哉妙哉。哥哥:也喜欢有个妹妹。还是哥哥在妹妹的怂恿下,偷了户口簿,报了名。父亲仿佛是冬天被人剥走了"小棉袄"那样难受,可是,他是副厂长,只能表面上"支持",私下里责怪妻子没有保管好户口簿。

信中,父亲强调了此次"家庭会议"的重要历史意义,决定着"宝娣"今后的命运走向。还透露了此前召开过两次"家庭会议",都是同一项议题:是让哥哥顶替,还是让妹妹顶替?

为同一项议题,召开三次会议,在这个家的历史上,可谓破天荒。两次会议,议而未决,关键是"思想"统一不起来。父亲和大姐力主让"宝娣"顶替,母亲和二姐坚持让"老三"顶替。

父亲是户主,总有"一家之主"的风范。朱宝娣早先的记忆里,历来是父亲说了算,母亲向来顺从——夫唱妻和。有一次,念初中一年级的朱宝娣也提出异议,父亲忽略了她。她说:爹爹,你这是假民主,真主意。

可是,关于谁顶替,母亲一改多年的常态,毫不妥协,坚持让宝娣的哥哥顶替。母亲第一次向父亲的权威挑战。竟然,父亲违反了家庭会议保密规定。父亲养成了严格遵守制度的习惯。有时,父亲说:人的心脏本来就长偏了,怎么能不偏心?

第二次秘密"家庭会议",达成了一项决议,举行第三次家庭扩大会议,父母双方各扩大一位亲戚出席会议,有表决权。父亲邀请了宝娣的姑父,母亲约定了宝娣的姨妈。决议还附加一条规定:宝娣和哥作为当事人,不能到席,不能旁听,只能就近等候召唤。

确定家庭会议的时间,也是基于朱宝娣的路途遥远。父亲提醒,你回到家,还可趁会议召开之前的两天,间接与母亲沟通感情。

父亲像铁路调度员那样计算了朱宝娣的行程。她将信装入信封,泪盈眼眶。她简直不能相信,父亲"老"了——退休。

2011年,朱宝娣给我说"家庭会议"的故事。她说,1999年,人和三年锅厂宣告破产,她下岗。1978年9月,她正式顶替进厂。

她记得1978年春天的沙暴,刮得昏天黑地。她迫不及待地向连长提出请假。连长说:除非家人病危或死亡,春耕春播战役期间一律不批探亲假、事假。朱宝娣不会打着这类幌子请假,因为,她嫌这样不吉。

朱宝娣能够想象出那次家庭会议紧张严肃的气氛。一个月后,她收到了父亲的信——"红头文件"纸,熟悉的笔迹,简短的会议决议:宝娣顶替,速办手续。当然还附有办理调动的程序,锅厂已发出调令。

二姐写得一手好字,是家庭扩大会议的记录人。父亲一方的理由是:哥哥户口暂时在农场,且人员"借调"在上海,相信慢慢户口会追随人走。母亲一方的理由是:哥是独子,按中国传统习惯,应当由他顶替,人和户口合一。而且,儿子担负着朱家的香火延续,女儿终归要嫁出去,嫁出去的女儿泼出去的水,占了顶替指标,岂不是便宜了人家?母亲还计较偷户口簿的事,说小娣当年是背着我们自愿的呀。

父亲还挖掘了母亲的"封建思想"——重男轻女,"新社会"要男女平等,毕竟女儿在遥远的地方比儿子吃的苦更多。

本来,母亲和姨妈是"统一战线",不料,姨妈说:都什么年代了?不管怎样,儿子已在上海,退一步说,儿子留在农场也比女儿扛得住,小娣为了返沪,忍着不结婚,总不得让她当老姑娘吧?能忍心让一个姑娘家在农场里等待吗?何必计较户口簿,做梦总要醒来呀。

二姐也站到父亲的一方了,说让小娣顶替比较合适。母亲说二姐是墙头草,立场不坚定。

会议记录里,没有记录参加会议者的表情和动作,朱宝娣能够想象得出。而且,她偶然发现记录本,随着时间的流逝,她已记住了每个人的发言。家里没人再提那个会议的话题了。

当时,母亲也看出大势所趋,二姐记录了母亲最后一句话:儿子,女儿,手心手背都是肉,少数服从多数。不过,总得让儿子也表个态吧?假如儿子谦让,我毫无意见。

于是,传唤在厨房等待的哥哥。哥哥表态:支持小娣顶替。

朱宝娣对我说:要是我请假,按时返沪,反而为难,不管怎样,我还是倾向让哥哥顶替,这不是重男轻女的问题。

朱宝娣仍然记得1966年之前,她参加过的多次家庭会议,每一次,都是父亲主持会议,即使母亲有异议,还是统一到父亲的口径上边。通常父母都保持高度的统一,所以,四个子女,小鱼也掀不起大浪

（父亲语录）。

朱宝娣回忆,有一次,大概时间紧张,临时召集开家庭会议,父亲欲先说,朱宝娣急了,说:爹爹,你不能先说,先说了就等于定了调,定了局,后边,我们发言就为难了,是拥护还是反对？所以,让大家先说,你最后拍板,你不就成了民主集中制的典范了吗？

母亲立即维护父亲的权威,说:有这样跟你爹说话的吗？又对父亲说:这就是你宠爱的结果。当时,父亲笑了,姐姐、哥哥也像醒悟过来一样笑了。父亲抚抚朱宝娣的头发,说:人小鬼大,我得重新认识我们的宝娣了。

表演生病

上海青年程建壮急得像热锅上的蚂蚁,他琢磨不出该生什么病。

1978年先是北京重视,几个月后,上海市出台了政策。其中一条为:适当放宽病退条件,对符合规定的,计划在三年内召回十七万人,逐步安排适当工作。

这么一级一级,针对的是云南的上海知青,可喜讯传到了程建壮所在的沙漠边缘的农场。他没上过医院,生病也不吃药。他面临一个严峻的难题:我该生什么病?

团部医院一下子人满为患,差不多都是上海知青。熟悉或不熟的同类,仿佛传染了那样,一个个都是生病的模样,甚至装出危在旦夕的样子。程建壮看出有表演成分,他也不得不拿出姿态,模仿生了病的样子。他坚定一个决心:成为众多上海青年"病人"之一。

虽然在同一个农场,但相见亦难,他不能流露出喜悦。而且,他察觉,相互问候的话题都集中在病上了:有病吗……啥病……确定生什么病了……你这模样还是换个病吧……出出主意,我生什么病妥当……

程建壮心里发笑,这个农场简直掀起了一场"病退"的浪潮,在医院形成了一个"生病"的旋涡。他想念上海的母亲,守寡了半辈子,而他是个遗腹子。他确实响应了母亲给他起的这个名字:身体健壮。现在看来,自我鉴定:四肢发达,头脑简单。他没有加入挂号排队诊断的行列,而是犹豫徘徊。他跟医院无缘,就如同大家都在谈夜里做的梦,一个上海知青问:什么叫梦?他笑对方:你不会做梦,是一生的遗憾。做了梦就知道什么叫梦了。

没有生过病,他见过别人生病,却做不到无病呻吟。他模仿咳嗽。还取了经,什么半夜冒汗,手脚发软。他的好友阿明提醒他:你这副身板,一点也不像痨病(肺病),你模仿也模仿不像。程建壮说:我着急,乱生病,你看看,我生什么病合适?

阿明掏出一张连队卫生员的诊断表,诊断结论那一栏填有:早期肝硬化。阿明跟农场卫生院医生的关系甚密切。

程建壮说:感谢你替朋友着想。

阿明交代了该病的症状,叮嘱:千万不要说错了自己的病情。

程建壮顿时感到阳光终于找到了沙漠的绿洲。他忍住内心的欢喜,大半天的时间,他已摸出了一些门道——或说自然而然形成了规律,错开生病,避免雷同。好像全世界的各种病都汇集到了这个农场,简直像一场疾病大会演,离奇古怪的病症,他闻所未闻。他记住一点,父亲是晚期肝硬化离世,他"有幸"遗传了父亲的病,但绝不致死。

过后,阿明埋怨他,你没病装病,怎么可以在医生面前"理直气壮",竟然还带着命令的口气?

程建壮反省:我相信……沉浸在"肝硬化"里了,可那医生没有同情心。

阿明说:病退的病,只是初诊,还得复查,要一路闯关,你选择的"肝硬化"不过硬,必须精心谋划一个稀奇古怪的病。我给你一个参考资料,你认真学习,谨慎挑选,精心实施,我知道,这为难了你。

程建壮住进了廉价招待所,把这本《农村赤脚医生手册》从头至尾,读了一遍。他对比筛选,明确目标,认定了一种众多知青都没有的病:夜游症。

阿明当了参谋,这种病,需要取证,来自基层。

程建壮返回连队,连队里那个自诩为"用毛泽东思想武装起头脑"的卫生员,营部也誉其为"田春苗",可她对程建壮突发的病症束手无策。

程建壮开始表演夜游。月朗星稀的深更半夜,他晃晃悠悠登沙丘,趔趔趄趄走沙漠,踉踉跄跄穿树林,跌跌撞撞蹚小渠。当然,他预先约了同宿舍的两个上海知青尾随,由室友召唤卫生员……那一夜,把各连队闹得像狂欢,甚至营部宣传干事接了电话也赶来,生怕发生性命攸关的事情。

由程建壮主演的夜游故事,带了众多配角,搅得各连队一夜无眠,好像都加入了夜游。起先还不唤醒他,担心患有夜游症的人,一旦唤醒,受了惊吓……最后,在一个涝坝前,几个人揽住他。他醒了。

随后,就按照程建壮预设的剧情收尾:众多职工做证,要卫生员书面笔录,最后,派员护送程建壮进团部卫生院,刘院长亲自签名做出了权威诊断结论。

程建壮心中暗想,他还有文艺细胞。终于,夜游症确诊无疑,他趁热打铁,递交了"病退申请报告"。

长期跟土地打交道,程建壮跟笔的关系已生疏,每一个词,每一句话,都像拔一个树根。起草"病退申请报告"那一夜,好像时间也在伸长,漫漫长夜,挑灯伏案。他征求过阿明的意见:报告的规范文体格式和内容。

为此,他"不打无准备之仗"——为了写报告,他去营部子校的上海知青那里借来了一摞书。报告要戴一顶帽子,惯例固定为:"毛主席教导我们",引用绝对不能出错。

他翻阅《论持久战》《论联合政府》《论人民民主专政》《反对自由主义》。他学习过"老三篇",再次通读。

"打得赢就打,打不赢就走……"这段毛主席语录,用在病退不妥,有临阵逃避之嫌。最终,他从《将革命进行到底》中摘出一段:"调动革命的积极因素,抵制被动的消极因素,并化不利因素为有利的积极因素……"

直至两年后返沪(有新的政策,但仍有病退这一条),回到母亲身边,他总有一个冲动:表演梦游。从上海到农场,从农场返上海,像一场梦。他开始生病——这痛那痛,小毛小病,好像过去十一年潜伏的病,乘虚而入,集中暴发。可是,他不上医院,也不让母亲知道。他给母亲"表演"一个健壮的形象。

骡　子

上海青年余建德相当熟悉连队马厩里的马和驴。可是，1981年初春的一个早晨，沙枣树树枝出现豆粒般的芽苞，一头母驴生产了。母驴生出一头余建德陌生的小毛驴——母毛驴当然生小毛驴，不过余建德还没见过这样的小毛驴。他吃不准了，很奇怪，它像驴又不像驴，它像马又不像马。似乎是驴和马的某些特征的组合。怪胎，不吉。他没说出来。总觉得已经发生了什么，还会发生什么事。

余建德大惊小怪地唤来老刘。老刘是个老饲养员，他围着毛驴母子，然后一拍脑袋，说：好家伙，我去年牵着毛驴去副业连配种，那个老赵可能做了手脚。

副业连有一匹种公马，都称它"总攻马"，只是养着，不让它干活，还用苞谷、鸡蛋伺候它，它的职能就是配种。老赵还打光棍，就羡慕"总攻马"。据说，老赵和"总攻马"一起经历过战火硝烟，那匹马也立过战功。还听说，"总攻马"跟斯大林的坐骑带点血缘关系。老刘和老赵是战友。

骡 子

老刘去了一趟副业连,回来时,连长已在马厩。马厩来了许多大人、小孩。余建德也说不出个所以然,只能说:长着长着就会像毛驴了。

连长说:老刘,你搞的啥名堂?

老刘说:这叫驴驹,确切地说,是骡子。

连长乐了,说:骡子干活有力气,很卖力。

估计老刘在老赵那里讨教过,他介绍,骡子的尾巴敞开着,像马,而且鬃毛长,其他地方,像驴。最后说:连长,我们连这头母驴占了个大便宜,它本来没资格让"总攻马"配种呀。

第一头骡子在连队里诞生。余建德悉心照料。母驴也因为生了小骡子,地位提升。余建德每天都给小骡子开小灶(苜蓿里拌苞谷),母驴也跟着沾光。骡子比母驴还高还大的时候,第一次出车表现就不错(余建德认为替他争了一口气)。其特点是:不生病,有劲道,不挑食。

老刘给余建德讲了骡子的一个秘密:不会骚情。其实,战争年代,老赵就见过公马配母驴的事情,生出的是骡子。老赵可能好奇,就用老刘牵去的母驴做实验。

又是一个春天,一天,连长来马厩,估计他一直观察骡子的表现。连长欣赏一个职工,以劳动为标准——能干。他赞扬了骡子:一心一意干活,马和毛驴有二心,就是弄不好,就要骚情,骡子不为所动。他还说:有些职工,劳动表现好,可裤腰带松——生活作风差。

余建德已在谈恋爱,抱一抱,亲一亲,连队的说法是"生活作风有问题"。他以为连长在含沙射影。

老刘资格老,说:连长,人要不骚情,哪来子子孙孙,怎么能用骡子来衡量人?

连长转入正题,说:老刘,大田干活需要牲口,我们连要大力发展畜牧业,我看,重点培养骡子。我跟场部畜牧股衔接过,我们连作为一个试点,大量繁殖骡子,这个任务就落实在你们头上了。

老刘说:连长,要不,你出面,把副业连的"总攻马"借来用一用?

连长说:不用看老赵的面子,我们也有公马。老刘,你好好调教调教。

马厩里有五匹公马,都习惯了和同类配种。老刘取经,模仿老赵调教"总攻马"。余建德,私下里会一点木工活(准备为结婚自制家具,他从上海弄来了最时髦的家具图样),这一下发挥了作用,他按老刘画的一张图纸,制作了一个配种架。老刘十分满意。

老刘早早晚晚训练五匹公马,先熟悉配种架。作为助手,余建德牵出母驴——老刘怎么发现母驴已发情了呢?

余建德忙着牵进牵出,让发情的母驴轮流和公马配种,增加怀孕的保险系数。甚至,老赵还帮助公马——扶公马壮硕的生殖器,提早出来,老赵说公马:浪费了可惜。

余建德给父母写信,父母托关系,找来了有关牲畜的人工授精和发情鉴定的技术书籍和资料——用先进的技术繁殖骡子。

女朋友本来就对他有看法:跟牲口打交道。现在余建德钻研"说不出口"的事情,职工时常拿她开玩笑,她难以接受,不雅。

余建德已沉浸在骡子的发展上了——他主攻骡子,驴+马=骡。何况,大田劳作,他不适应。他穿起了白大褂,用人工授精的方法。连老赵也不相信,不经过实际配种,细细的玻璃容器里那一点点水(公马的精液),咋能成了实体的骡子。

马厩里，骡子的比例在增加，壮大。余建德还获得发展畜牧业的先进工作者称号。连队的生产、后勤，都愿意使用骡子。曾经出过一件事：送饭的毛驴车，半途遇见了一头拉稻种的毛驴车，两头毛驴不管不顾，公毛驴追母毛驴，顾了骚情，忘了饭菜——翻车。发情的马也出过类似的事情，但毛驴骚情起来更执着。唯独骡子不会骚情不会繁殖。

连长说：人要是像骡子这样，我们连队的农业生产就跑到全团的前头了。

老刘说：连长，你这是过去批判的典型的唯生产力论。

余建德不响。

连队已组建机务班，分来了几台拖拉机，似乎一个时代的转折出现了。原来驴、骡、马的活儿，将由拖拉机替代了。余建德有点失意。倒不是拖拉机即将替代骡子——所有的牲口，而是他谈过的女友结婚了，是人家的女人了。而且，同一批进疆的上海女青年都"名花有主"了。他发现，老刘似乎一下子衰老了。

妈妈的火车站

上海青年刘彬礼已返沪,可他还常常去上海火车站。当年,他就是从这里去新疆的——

接到录取通知书,我第一个行动,就是直接去了上海火车站。因为,过几天,我就要从这出发去新疆。我第一次乘火车,就要跑那么远。《在那遥远的地方》,我喜欢王洛宾的这支歌。

那是1963年,夏天。我把户口本偷出来,到派出所,一分钱,一个印,我的户口就迁走了,我不知落在新疆具体什么地方,反正"在那遥远的地方"。居委会敲锣打鼓来祝贺,我妈才知道发生了什么事情。

我妈埋怨自己,以后,她无数次埋怨过自己,像祥林嫂,说:都怪自己没把户口本收藏好。

我的父亲因为"历史问题"被抓走了。我姐出嫁,离开了上海。我妈埋怨自己没有藏好户口本,好像所有家人离开她,都是她的缘故。她说:怎么一个也留不住?她说你也要离开我。

那时,我只有一个念头:向往"那遥远的地方"。似乎那里有什么美好的生活在等待着我过去。后来,我想明白了,其实,我是试图摆脱父亲留下的阴影。"在那遥远的地方",可以甩掉家庭成分,家庭成分跟不过去,似乎从此命运就掌握在自己手里。

临走,我妈抱着我睡了一个晚上。小时候,妈妈总是抱着我睡,我念初中了,妈妈说:再抱着妈妈睡,你就长不大了。我说:我怕一个人的黑夜。后来,我渐渐习惯了黑夜。

有一天半夜,我莫名其妙醒了,看见一张脸,妈妈站在床边俯视着我。我以为是梦。街上的灯光流进来,映着妈妈的脸。我说:妈,你怎么了?妈说:我看看你,看你长大了,睡觉还不安分。妈妈抽出我抱着的枕头,放在我的脑袋下面,把我的胳膊放进被子再把被子沿拉上来,盖严实。她说:继续睡吧。我知道我醒来,是因为感到妈妈的眼睛在看我。她的目光看醒了我。

我要去遥远的地方。妈妈抱着我睡,我不习惯了。起先,妈妈哼着我儿时听过的摇篮曲,渐渐,终止。我不动,生怕妈妈醒了,她会觉得她的怀抱里空了。其实,妈妈一夜都没有睡着。什么时候妈妈松开了我,我毫无察觉。妈妈给我买来了两碗小馄饨。她看着我吃,看得我不好意思吃了。妈妈说:你小的时候,午觉醒来,总要吃一碗小馄饨。

妈妈送我前往上海火车站。到处都是穿军装(没有领章和帽徽)的上海支边青年。差不多都有家人送。

火车在启程之前,还在挂车厢。我听见牵引声,车厢和车厢之间衔接,要碰撞一下,那声音传遍了几节相连的车厢。终于,火车发出一声长长的鸣笛,像是启程前的发令。站台上顿时响起哭声,哭声像传染了那样。

我没哭。后来,妈妈说我心肠太硬。我觉得等待火车启程的时间,那么漫长,好像那么多人乘上火车,火车超载,拉不动了。

火车缓缓离开站台。车上车下的哭声已经汇在一起。都是伸出的手,在摇动。我在站台的人群中寻找妈妈的脸,一片脸,如同我后来在沙漠边缘的农场种的向日葵。

我没看见妈妈的脸。我在妈妈给我的信里,知道那天在车站,车一开,妈妈就倒下了,是瘫在地上,像一个雪人,在阳光下融化了一样,住了半年的医院,姐姐从外地赶来陪护。妈妈对姐姐说,你弟的心肠真硬。妈妈不理解心软的爸爸为什么会有个心硬的儿子。不过她放心:心肠硬,在戈壁沙漠里生活,有生命力。附带,妈妈自责:想不到你弟弟会偷钥匙取户口本,我该把户口本藏在你弟弟找不着的地方。千怪万怪都怪我。姐姐对我说你迁户口,把妈妈的心也迁走了。

1963年8月20日是妈妈唯一的一次到火车站送我。以后的三十多年,我回上海探亲,一般是一个月的探亲假(中间还有妈妈身体有病,我自费回沪),很多很多次,我把钱铺在了铁路上,回到上海,离开上海,可是,妈妈不再送我到火车站。

每一次,妈妈送我到巷子口,就止步。我嘴里说妈妈,别送了。其实,妈妈已站在那儿了。我多么希望妈妈再送送我,送我到火车站。我将乘三天四夜的火车。

可是,每一次,妈妈送我到离家不远的巷子口,就止步。她望着我。我走,我知道妈妈的目光还在送我。我回过头,看见妈妈别转脸,她的手,背着我,在眼睛的位置,一定在抹眼泪。

没有妈妈在的火车站,我还是用目光在人群中搜索,想象着或许在哪个不易察觉的地方,妈妈正用目光护送我。我知道,妈妈再也经受不起车站送儿子的情境了。火车启程前的时间,那么漫长,那么漫长,像在无限制地延长。

我在姐姐那里获知,是姐姐对妈妈立了不送我到车站的规矩。1992年,带着妻儿(一儿一女),我办理了返沪的手续,把户口迁回了妈妈这里。可是,妈妈已去世。这个老屋,还保持着当年我离开时的样子,只是老旧多了。我想象不出妈妈在这个家里怎么熬过我不在的日子。

我听邻居说,我妈常去火车站,仿佛是等候着接我。最后一次去,由邻居家的女儿陪着,我并没有明确具体返沪的时间,妈妈似乎要熟悉迎接我的环境——火车站出口。我想,这是我不断出发和归来的地方。1963年,我接到通知书,首先兴致勃勃地直接去了上海火车站,那是我离开上海的火车站。

后　记

每一个人都是很多人

　　我于1954年出生在上海石库门的一幢小洋房里。这决定了我一生难舍的上海情结。1949年，父亲随王震将军进疆。1958年，他接我和母亲落户新疆塔克拉玛干沙漠边缘的农场。1963年至1966年，上海青年分批分期支援边疆建设。我时常当小翻译（农场大多数人称上海人说话为"上海鸭子呱呱叫"）。我与上海青年有亲近感。我的小学、初中老师是上海青年（高中有位数学老师，讲一口地道的宁波话，别人认为那是上海话）；我高中毕业下连队接受再教育，也跟上海青年一起劳动；我1982年调返浙江老家，仍跟返沪的步入老年的上海青年（这个称谓已成了符号）交往。我生活的城市——宁波，也有一批支援边疆的人（在新疆统称为上海青年）。西部与江南，两种质地不同的文化在沙漠和绿洲那片神奇的土地上交融，新疆改变了"上海青年"，同时，"上海青年"改变了新疆。我更在意体现在日常生活细节的文化意义上的改变——地域文化的交融与纠结。这种改变和塑造,是外形,更是心灵。

博尔赫斯演讲,起初怯场,他发明了一种形而上学给自己壮胆:群众是一个虚构的实体,真正存在的是每一个个体。而政客的眼中,善于利用简化了的符号化的群众,那么,群体比个体更为简单了。博尔赫斯的心目中只有个体。比如,面对三百个人演讲,他认为是和三百个人中的每一个人对话,是在跟他们每一个人而不是跟总和说话。我在《红皮笔记本》里,当切入具体的一个"上海青年",我先冠以复数的"上海青年"。那是一个"集体主义"主导的时代。因为在沙漠边缘的准军事化农场,多种场合,我听到:当指向具体的单数的上海青年时,人们却习惯用复数的上海青年(省略了具体的人)。往往个体被全体遮蔽或替代或忽视。所以,我在小说里,每一章开头的第一句重复强调"上海青年某某某",以此纠正生活中复数的表达模式。就像上海青年有统一服装(绿军便装),统一的帽子,但帽子下边是不一样的活生生的"上海青年"。因此,最初我将此书定名为《有个上海青年》。在这个意义上,"一个"也是"整体"。小说与现实相悖,尊重的是"有个"。写了"很多人",也是每一个。不同的是细节,相同的是命运——总体故事。总体故事,其实是时代变化,但是,我在乎的是"每一个个体"。每一个人都是很多人。

《红皮笔记本》,红色是主调,那是一个火红的年代,表象的红色下的日常生活,色调就不同了,有灰色。笔记是方法,一部关于上海青年的记忆,由我或隐或显贯穿其中。某种意义上,也是我的成长(隐含着成长小说),还包括"上海青年"的成长(生存方式),因为许多"上海青年"虚报了年龄参加支援边疆建设,最小的仅14岁。双重的成长。

我把上海青年放在二十世纪六十年代初至八十年代末这个时间容器里,进疆至返沪,展开传奇的故事,但尽量降低传奇的色彩,因为,我接触的上海青年竟然跟经历过炮火硝烟的父亲回忆过去的口吻相似:或不愿意提,或不稀罕说。像平时生活那样"不稀罕",这类似马尔克斯采用祖母的口吻写"魔幻"小说。调低神奇的色调。所以,我曾为一位"上海青年"大姐的回忆录写序时,套用了纳博科夫《说吧,记忆》的书名:说出来吧,记忆。强调"出来",因为塔克拉玛干沙漠意为"进去出不来",许多经历沧桑的人,往往陷在记忆里。在《红皮笔记本》里,我也只是说我心目中的上海青年"在那遥远的地方"的记忆。一旦说,就"出来"了。

我按年份为轴线(进疆至返沪)写了一群"上海青年"——落实在个体的上海青年,有普遍性,又有独特性,以此包容共性与个性、群体与个人,似乎是一个上海青年的命运。每一个人都是很多人。犹如一个人的不同变体。小说探求的是可能性。当今世界长篇小说出现一个现象:由一段段小故事组成一部长篇小说,仿佛对生活形态给予文学的回应。起初,我试图将几十个人合并为一个人,上帝般地掌控人物、故事,造就戏剧化的曲折和冲突。但是,现实生活提醒我:那是一种虚假的概括和表达。于是,我放低姿态,采取尊重现实的方式:碎片的集合。每一章为一个碎片,由读者拼接一个个上海青年,形成"上海青年"命运交响曲。

上海支边青年,简称为上海青年。这个题材,我陆陆续续写了两百余篇。选取和整理出五十九篇,一篇为一章,组成了长篇小说《红皮笔记本》。过后,我想到,其实多年的阅读在潜意识中影响了我。例

后 记

如,格拉斯的《我的世纪》,墨西哥女作家玛斯特尔塔的《大眼睛的女人》,匈牙利作家玛利亚什·贝拉的《垃圾日》,等等,均为长篇小说(我将其当作系列小小说读),其特点为:单篇能够独立成篇,系列能够成为整体。有弹性,有张力。纳博科夫的写作方法是:一个一个卡片,实为一个一个碎片,然后组成卡片(碎片)。当今世界这类长篇小说,已构成一种强劲的谱系,它意味着长篇小说的新方法、新形态,又与碎片化的现实相对应。我想起,2008年,著名评论家胡平已"发现"了我在《新启蒙时代》潜在的表达方式:谢志强是罕见的把小小说写成长篇小说的作家。我感谢胡平对我写作中潜意识的"发现"(这也是评论家的重要任务之一)。那时,恰逢我开始创作关于我童年经历的长篇小说《塔克拉玛干少年》。因此,2015年,我已有意识有框架地进行《红皮笔记本》的写作了。

其实,那部交响曲现在仍在变奏。我想,要是没有那场"上海青年"的支边热潮,绿洲的农场可能是另一种面貌(会缺失文明进程中的一环)。一些上海青年永远地留在了新疆,而大多数返沪的上海青年,他们的火红年代的青春的灵魂永远留在了那片绿洲——第二故乡。我的这部"红皮笔记",仅是以文字构成的瞬间定格的老照片而已。因为,我们都有两个故乡的情结。

谢志强

2018年10月